U0516444

中华古典文学选本丛书

欧阳修诗词选

刘扬忠 选注

中华书局

图书在版编目(CIP)数据

欧阳修诗词选/刘扬忠选注. —北京:中华书局,2023.3
(中华古典文学选本丛书)
ISBN 978-7-101-15941-7

Ⅰ.欧…　Ⅱ.刘…　Ⅲ.①宋诗-诗集②宋词-选集　Ⅳ.I222

中国版本图书馆 CIP 数据核字(2022)第 189271 号

书　　名	欧阳修诗词选	
选　　注	刘扬忠	
丛 书 名	中华古典文学选本丛书	
责任编辑	田苑菲　刘　明	
责任印制	陈丽娜	
出版发行	中华书局	
	(北京市丰台区太平桥西里 38 号　100073)	
	http://www.zhbc.com.cn	
	E-mail:zhbc@zhbc.com.cn	
印　　刷	大厂回族自治县彩虹印刷有限公司	
版　　次	2023 年 3 月第 1 版	
	2023 年 3 月第 1 次印刷	
规　　格	开本/880×1230 毫米　1/32	
	印张 7½　插页 2　字数 150 千字	
印　　数	1-5000 册	
国际书号	ISBN 978-7-101-15941-7	
定　　价	28.00 元	

前　言

一、欧阳修生平及著作简介

欧阳修（1007—1072），字永叔，号醉翁，晚号六一居士，吉州永丰（今属江西）人。他自称庐陵人，因为吉州原属庐陵郡。欧阳修出生于一个小官吏家庭，四岁丧父，生活陷于贫困。寡母郑氏甘守清贫，亲自教他读书，至以芦秆代笔，让他在沙上写字。郑氏还常对欧阳修讲述其父生前廉洁奉公、宽厚爱人的事迹。这种良好的家庭教育为欧阳修日后成为一代优秀政治家和文学家打下了基础。

宋仁宗天圣八年（1030），二十四岁的欧阳修进士及第，次年到洛阳任西京留守推官。在西京留守幕府，他与尹洙、梅尧臣等一批青年文学精英结为至交，互相切磋诗文。这次洛阳文友聚会，为日后由他发动的诗文革新运动预备了骨干力量。景祐元年（1034），召试学士院，受任宣德郎，充馆阁校勘。景祐三年，范仲淹上章批评朝政，被贬饶州。欧阳修为范仲淹辩护，被贬为峡州夷陵（今湖北宜昌）县令。

康定元年（1040），欧阳修被召回京，复任馆阁校勘，后知谏院。庆历三年(1043),范仲淹、韩琦、富弼等人推行"庆历新政",欧阳修积极参与革新,提出了改革吏治、军事、贡举法等一系列主张。庆历五年,新政因保守派的打击破坏不幸夭折,范、韩、富等人相继被贬,欧阳修也被贬知滁州(今安徽滁州)。次年在滁州自号"醉翁"。以后又改知扬州、颍州(今安徽阜阳)、应天府(今河南商丘)。至和元年(1054)八月,年已四十八岁的欧阳修奉诏入京,与宋祁同修《新唐书》。

嘉祐二年(1057)二月,欧阳修以翰林学士的身份主持进士考试,提倡平实的文风,录取了苏轼、苏辙、曾巩等优秀人才。这对北宋文风的转变很有影响。

嘉祐五年,欧阳修拜枢密副使。次年转户部侍郎参知政事(副宰相),进封开国公。英宗治平二年(1065),上表请求外任,不准。此后两三年间,因被蒋之奇等人诬谤,多次辞职,都未获准。治平四年,除观文殿学士,转刑部尚书,出知亳州。神宗熙宁元年(1068)八月,转兵部尚书,改知青州,充京东东路安抚使。次年,王安石实行变法。正在外州郡任上的欧阳修对"青苗法"持有异议,不予执行。熙宁三年,除检校太保宣徽南院使等职,坚持不受,改知蔡州(今河南汝南)。这一年,他改号"六一居士"。熙宁四年六月,以太子少师致仕,定居颍州。次年七月病逝于颍州,享年六十六岁。朝廷赐谥文忠。

欧阳修作为一代文宗,博学多才,诗、词、文创作和学术著述都成就卓著,为当时和后世所钦仰。他在文学创作上不但几乎是全能的,而且几乎是全优的,其诗、词、古文、辞赋、四六等创作在宋代都领风气之先,艺术水平均臻于一流。他不但是作家,还是文学理论家,其散文中有许多篇章就是文论;其《六一诗话》是古代诗歌理论批评史上最早以"诗话"命名的开创性的著作。在学术领域,他在经学、史学、金石学等方面都卓有成就。经学方面,他研究《诗经》《周易》《春秋》,能不拘守前人之说,提出自己的创见。他的史学造诣更深于经学,除了参加修撰《新唐书》之外,又自著《新五代史》,总结五代的历史经验,意在引为借鉴。他广泛收集周代至隋唐的金石器物、铭文碑刻,编辑成一部考古学的资料专集——《集古录》。他的著述,除了上述三种学术专著之外,其诗文结集今存《居士集》《欧阳文忠公集》《欧阳文忠公全集》等。

二、欧阳修诗、词创作的卓著成就和深远影响

欧阳修的诗歌创作成就不及散文,但也很有艺术个性和时代特色,在宋诗中卓然名家。欧诗今存九百多首,题材广泛,风格亦多样。其中一些诗歌以社会现实为题材,反映人民疾苦,揭露社会黑暗,如《食糟民》揭露了种粮食的农民只能以酒糟充饥的不合理现实,《边户》描写了宋辽边境地区人民的不幸遭遇。另一些诗歌则议论时事,抨击窳败政治,如《奉答子华学士安抚江南见寄之作》等。其他如《明妃曲和王介甫作》《再和明妃曲》,表现了诗人对妇女命运的同情,对昏庸误国的最高统治者的谴责。但他写得更多、也更成功的,是那些表

现个人生活经历或抒发个人情怀、描写山水景物的诗。他的传世名篇《戏答元珍》《晚泊岳阳》《黄溪夜泊》《春日西湖寄谢法曹歌》《梦中作》《丰乐亭游春》《别滁》等等，便都是这样的作品。

欧阳修的诗在题材内容、艺术手法和风格追求等几方面受韩愈的影响较大。他十分重视韩诗"资谈笑，助谐谑，叙人情，状物态，一寓于诗而曲尽其妙"（《六一诗话》）的特点，在学韩时则主要是学习散文手法和以议论入诗。欧诗中的议论往往能与叙事、抒情融为一体，所以得韩诗畅尽之致而避免了其枯燥艰涩之失。如《明妃曲和王介甫作》《再和明妃曲》等均议论精警而又富于情韵。欧诗的散文手法主要不是体现在句法上，而是借鉴散文的叙事手段，如《抒怀感事寄梅圣俞》叙写宴游经历，平直而周详，深得古文之妙。欧诗也学李白，这主要表现在以李白诗的清新流畅、雄奇豪放与自己特有的委婉平易章法相结合，形成了清丽飘逸、宛转流畅的欧诗主体风格。今人钱锺书对欧诗的创作经验及其对宋诗发展的影响进行总结道："梅尧臣和苏舜钦对他起了启蒙的作用，可是他对语言的把握，对字句和音节的感性，都在他们之上。他深受李白和韩愈的影响，要想一方面保存唐人定下来的形式，一方面使这些形式具有弹性，可以比较的畅所欲言而不至于削足适履似的牺牲了内容，希望诗歌不丧失整齐的体裁而能接近散文那样的流动潇洒的风格。在'以文为诗'这一点上，他为王安石、苏轼等人奠定了基础，同时也替道学家像邵雍、徐积之流开了个端。"（《宋诗选注·欧阳修小传》）

　　欧阳修也擅长写词。他在宋代词坛的地位虽不能和他在宋文、宋诗中的崇高地位相比,但也卓然自成一家。在词史上,他与晏殊齐名,号称"晏欧"。他的词今存二百四十多首,是北宋前期存词较多的一家;其艺术质量也颇高,在当时是左右风气的重要词人。欧词最显著的特色,是一脱在古文中所经常表露出来的那种儒家大师"庄重"的面孔,而表现了风流蕴藉的情调。其主要内容仍然是"花间"派以来文人词常常描写的恋情相思、酣饮醉歌、惜春赏花之类,和同时期的晏殊的创作倾向大致相近。欧阳修作词,受五代词人尤其是冯延巳的影响很大,但是他能取冯延巳词写情深婉的一面,而摒弃了"花间"派的铺金缀玉,也没有那种浓腻的脂粉气息。他的词一般都写得清丽明媚,语近情深,比如本书所选的《踏莎行》(候馆梅残),其上下片的最后两句"离愁渐远渐无穷,迢迢不断如春水","平芜尽处是春山,行人更在春山外",通过春水喻愁、春山骋望的意象,把感情抒写得非常深挚。他极善于用清新疏淡的笔触来描绘自然景物,并在这些描绘中寄寓自己清通旷达的情怀。比如描写颍州(今安徽阜阳)西湖的组词《采桑子》十首,就写得恬静、澄澈,富于情韵,宛如一幅幅淡雅清新的山水画。他的写男女恋情的小词,摆脱了道学思想的束缚,任随真情自然流露,显得朴实而生动。例如写男女约会的名篇《生查子》(去年元夜时),就是这样的佳作。

　　欧阳修的词,虽然基本上是五代南唐词的延续,但比起同派的晏殊等人的词,已经有所开拓,有所创新。这主要表现在三个方面:一是对慢词的创制和尝试；二是部分作品口语化和以俚俗辞语入词；三是在传统的风格比较单一的专写艳情、闲情的婉丽小词之外，还创作了一些直抒自己的生活感想和士大夫"逸怀浩气"的清旷疏隽之作。如果说，第一、二两点在与他差不多同时的柳永词中已经是十分突出的特点，因而不足为奇的话，那么第三点就是对北宋中期词体、词风革新的一种预示了。清末词论家冯煦认为欧词"疏隽开子瞻（苏轼），深婉开少游（秦观）"，不是没有道理的。

三、关于本书的几点说明

欧阳修其人及其诗文，几百年来一直是古典文学研究、特别是宋代文学研究的一个重点，产生过许多研究成果。20 世纪 80 年代以来，单单是欧阳修的传记和诗文选本，就有好几种。本书并非白手起家，而是从选目、注释到艺术鉴赏都认真参考、吸纳或借鉴了古今这些研究成果。但本书并非研究专著，限于普及读物体例，除了"评析"部分的引文括注出处外，选目和注释中有参酌利用前人和时贤的研究成果之处只好不出注。特此说明。

本书选欧阳修诗 55 首，词 45 首。入选作品所据均是通行本。个别有异文的，则择善而从，限于选本的体例，不加说明。

关于选目。本书以选欧阳修文学传播接受史上为历代选家和受众所公认的代表作为主，同时也尽量选入一些别家未选的佳作，以使

读者更广泛地接触欧阳修的文学作品,并通过这些作品更多地了解欧
阳修其人。

关于注释,以简洁明了为宗旨,力求重点突出,同时注意视野的开
阔,适当介绍有关的历史背景和文化环境。

关于评析,以发挥个人见解为主,同时充分尊重一部欧阳修文学
传播接受史,对历史上已有定评的代表作,尽量引用前人中肯的评论
并注明出处。

本书虽力求做成精品,但经过努力仍感到未能尽如人意,诚恳地
欢迎专家和读者多多批评指正。

目 录

诗选

词选

诗选

被牒行县因书所见呈僚友[1]

周礼恤凶荒，轺车出四方[2]。
土龙朝祀雨[3]，田火夜驱蝗。
木落孤村迥[4]，原高百草黄。
乱鸦鸣古堞[5]，寒雀聚空仓。
桑野人行饁[6]，鱼陂鸟下梁[7]。
晚烟茅店月，初日枣林霜。
墐户催寒候[8]，丛祠祷岁穰[9]。
不妨行览物，山水正苍茫。

这首五言排律是作者早期的作品,写于仁宗明道元年
(1032)初冬,作者时年二十六岁。上一年,二十五岁的欧阳
修通过科举进入仕途,被任命为西京(洛阳)留守推官。他刚
到任的第二年,洛阳一带就遭受了严重的旱灾和蝗灾。欧阳

修奉西京留守钱惟演之命,视察属县的灾情。本篇便是视察途中纪实之作。

作者利用五言排律便于铺陈描写景物的对仗句式,生动地描绘出受灾农村的萧条凋敝景象。描写的重点是在灾后的荒凉之状和农家的具体活动两个方面。

在这一幅初冬农村的风俗民情图画中,我们看到,灾后的农村,粮食歉收,田野一片荒凉,寒雀聚于空仓,鸟儿飞到干涸的鱼塘觅食。在枯树败墙围绕的村子里,农民们一方面修补破旧的房屋准备过冬,一方面还到丛林里的神祠中去祈祷,盼望来年无灾无难,有个好收成。

全篇语言典雅凝重,形象鲜明生动,在看似纯客观的写景叙事中,青年诗人悲天悯人的情怀和对贫困辛劳的农民的可贵同情心已经跃然纸上了。

1　被牒行县:指作者带着官府文书到西京河南府所属各县视察旱、蝗灾情。被,受。牒,官府文书。僚友,同官的人。

2　"周礼"二句:周礼,"十三经"之一。恤,救济。凶荒,灾荒。这句说,《周礼》上有救济灾荒的记述。轺(yáo)车:用一匹马拉的轻便马车。这句说,在周代,一发生灾荒官员们就乘轺车到四方视察。言下之意是说自己像古代官员那样到下面视察灾情。

3　"土龙"句：用泥巴团成龙的形状，祭祀求雨。

4　"木落"句：木落，指树叶脱落。迥，遥远。

5　堞：城墙上的齿状小墙。

6　行饷（yè）：给在田里劳动的人送饭。

7　"鱼陂"句：鱼陂，鱼塘。梁，水中筑堰捕鱼的设置，称鱼梁。这句意谓干旱露出鱼梁，鸟已可以落在上面。

8　墐（jìn）户：用泥土涂塞门窗的孔隙。

9　"丛祠"句：丛祠，荒野中的神祠。祷岁穰（ráng），祈祷来年丰收。

雨后独行洛北

北阙望南山[1]，明岚杂紫烟[2]。
归云向嵩岭[3]，残雨过伊川[4]。
树绕芳堤外，桥横落照前。
依依半荒苑，行处独闻蝉。

　　这首五言律诗是明道元年（1032）欧阳修任西京留守推官时所作。

　　诗以画家的技巧描绘雨后独行登上洛阳城北门楼所见的自然风光，写景先写远景，次写中景，最后写眼前景，极有层次。

　　前二联，写登楼纵目所见远景：城楼远对的南山包裹着晴岚紫烟，恍若海市蜃楼；更远处，云彩向嵩岭飘游，伊水上空尚有残雨飞洒，一派迷茫神秘景象。

　　第三联，写中景：黄昏的洛阳城北、伊水岸边，树绕芳堤，桥横落照，景色何等绚丽！

　　尾联则写近景：诗人眼前是一片半荒的旧苑，环境凄清幽寂，诗人独行其间，耳闻蝉鸣，更产生了一种孤寂幽单之感。

　　此诗明显地学习了唐人王维山水诗的写景技巧，所以达到了"诗中有画"的境界。

1　北阙：指洛阳北门城楼。

2　明岚：阳光照耀着的山间云气。

3　嵩岭：即五岳之一的中岳嵩山,位于洛阳的东南面。

4　伊川：水名,即伊河,出河南卢氏县东南,东北流经嵩县、洛阳,至偃师,入洛河。

书怀感事寄梅圣俞[1]

相别始一岁，幽忧有百端。
乃知一世中，少乐多悲患。
每忆少年日，未知人世艰。
颠狂无所阂[2]，落魄去羁牵[3]。
三月入洛阳[4]，春深花未残。
龙门翠郁郁，伊水清潺潺。
逢君伊水畔，一见已开颜。
不暇谒大尹[5]，相携步香山。
自兹惬所适[6]，便若投山猿[7]。
幕府足文士[8]，相公方好贤[9]。
希深好风骨，迥出风尘间[10]。
师鲁心磊落[11]，高谈義与轩[12]。
子渐口若讷[13]，诵书坐千言。
彦国善饮酒[14]，百盏颜未丹。
几道事闲远[15]，风流如谢安[16]。
子聪作参军[17]，长跨破虎韂[18]。
子野乃秃翁[19]，戏弄时脱冠。
次公才旷奇[20]，王霸驰笔端[21]。
圣俞善吟哦[22]，共嘲为阆仙[23]。

惟予号达老[24]，醉必如张颠[25]。

洛阳古郡邑，万户美风烟。

荒凉见宫阙，表里壮河山。

相将日无事[26]，上马若鸿翩。

出门尽垂柳，信步即名园。

嫩箨筠粉暗[27]，渌池萍锦翻[28]。

残花落酒面，飞絮拂归鞍。

寻尽水与竹，忽去嵩峰颠[29]。

青苍缘万仞[30]，杳霭望三川[31]。

花草窥涧窦[32]，崎岖寻石泉。

君吟倚树立，我醉欹云眠[33]。

子聪疑日近，谓若手可攀。

共题三醉石[34]，留在八仙坛。

水云心已倦，归坐正杯盘。

飞琼始十八[35]，妖娆犹双环。

寒篁暖凤嘴[36]，银甲调雁弦[37]。

自制白云曲，始送黄金船[38]。

珠帘卷明月，夜气如春烟。

灯花弄粉色，酒红生脸莲。

东堂榴花好，点缀裙腰鲜。

插花云髻上[39]，展簟绿阴前[40]。

乐事不可极，酣歌变为叹。
诏书走东下，丞相忽南迁[41]。
送之伊水头，相顾泪潸潸[42]。
腊月相公去，君随赴春官[43]。
送君白马寺，独入东上门。
故府谁同在？新年独未还。
当时作此语，闻者已依然[44]。

　　这首叙事抒情的五言长诗作于仁宗景祐元年(1034)，它是青年欧阳修怀念知心朋友梅尧臣的一篇忆旧之作，所忆写的主要内容是他在洛阳与梅的相识及他们与一群青年朋友的愉快交游。

　　全诗可分为三大段。开头四句为第一段，这是全诗的一个总帽，它点明题目中"感事"的内容是"幽忧"，正是与友人分别的相思之苦，使作者感到人生在世"少乐多悲患"——这也就是本篇写作的缘由。

　　从"每忆少年日"到"展簟绿阴前"这七十六句是第二大段，它是全诗的主要部分，意在回忆过去，极写青年朋友们相聚时的无穷乐事，以此回应第一段中的"乐"字。这一大段又可分为四个层次：开头，写与朋友初交初聚的经过；其次，回忆对每位朋友的印象；第三，写探幽访胜之兴；第四，写歌舞

宴乐之欢。如此层层铺叙,步步推进,将西京留守府的青年
才子们的赏心乐事渲染得淋漓尽致。这里有意以乐景衬哀
情——极力渲染往昔"相聚"之乐,正是为了反衬而今"相离"
之悲。

　　第三大段从"乐事不可及"到全诗结束,共十四句,写
"酣歌变为叹",抒发友朋离散后的苦闷心情,也就是作者在为
洛阳之会的另一位友人张先所写的《张子野墓志铭》中说的:
"知世之贤豪不常聚,而交游之难得为可惜也。"

　　这是一首以叙事为主,兼带抒情、议论的长诗,它描绘了
宋仁宗时期一批朝气蓬勃、奋发向上、豪放飘逸、充满自信的
青年文学家的群体形象,展示了那一时期文人荟萃的历史生
活画卷,对后人了解当时的文化特征和文坛风气很有价值。

　　诗虽为欧阳修早期之作,但已经显露出欧诗的一些典型
特征,比如:明显的散文化倾向,感情的真挚浓厚,意境的开
阔悠远,构思的奇特巧妙,叙事的委婉周详,等等。此外,音律
的和谐优美与文字的朴素自然也是本篇的优点,诚如朱自清
先生所评:"诗系少作,故排偶多,音律谐,无刻琢之句。"(《宋
五家诗钞》)

──────

1　梅圣俞(1002—1060):名尧臣,字圣俞,宣城(今属安徽)
人。一生仕途不利,累举进士不第,中年才得"赐同进士出

身",官至尚书都官员外郎。欧阳修写这首诗之前,欧、梅二人曾同在洛阳钱惟演的西京留守幕府中任职。

2　无所阂(hé):无可阻挡。阂,阻隔。

3　落魄:指不拘小节。羁(jī)牵:原指马笼头和缰绳,引申为世俗的束缚和牵绊。

4　三月入洛阳:指仁宗天圣九年(1031)三月,欧阳修到达洛阳就任西京留守推官。

5　大尹:州府长官。此处指钱惟演。

6　自兹惬所适:从此感到心满意快。惬,满足。适,快意。

7　便若投山猿:就像笼子里的猿猴被放回山。投,放。

8　幕府:地方军政长官的官署;这里指西京留守、兼判河南府钱惟演的府署。足:众多。

9　相公:指钱惟演。

10　希深:姓谢名绛,字希深,时任河南府通判。迥出:远出。

11　师鲁:姓尹名洙,字师鲁,时为河南府户曹参军。

12　高谈羲与轩:喜欢谈论远古的传说和历史。羲与轩,伏羲氏与轩辕氏。

13　子渐:姓尹名源,字子渐,是尹洙的亲兄,时知河阳县,也有文名。讷:语言迟钝,不善讲话。

14　彦国:姓富名弼,字彦国,时为河阳签判,后来官至宰相。

15　几道:姓王名复,字几道,当时是一位秀才。

16　谢安：字安石，东晋政治家，年四十余才出仕，官至宰相。这两句是说王几道像谢安尚未出仕时那样闲逸风流。

17　子聪作参军：杨子聪，时任河南府户曹参军。

18　长跨破虎韂(jiān)：作者《送杨子聪户曹序》说，杨子聪"常衣青衫，骑破虎韂，出入府门下"。可见此人是个不拘小节的人。韂，马鞍。

19　子野：姓张名先，字子野，时为河南府法曹参军。秃翁：指其脱发败顶。

20　次公：指孙延仲，时任河南府判官。旷奇：阔大奇崛。

21　"王霸"句：是说孙延仲喜作政论文章。

22　吟哦：指作诗。

23　阆(làng)仙：神仙。阆，阆苑，仙人所居之境。

24　达老：当时洛阳幕府文士结为诗社，以号相称，如梅圣俞号"懿老"，尹洙号"辩老"，杨子聪号"俊老"，张先号"默老"等等，欧阳修自号"达老"。

25　张颠：即张旭，唐代书法家。常醉后作草书。

26　相将：相随。

27　箨(tuò)：竹笋上一片一片的皮。筠(yún)：竹的青皮，这里指竹子。

28　渌(lù)：清澈。锦：指鱼。

29　嵩峰颠：嵩山顶上。

30　缘:攀援。万仞:极言其高。仞,古代长度单位,七尺或八尺为一仞。

31　杳霭:远处的云气。三川:指黄河、洛水、伊川。

32　窦:山洞。

33　攲云眠:侧着身子睡在云朵上面。

34　三醉石:石名,在嵩山八仙坛上。石名为欧阳修所起。据作者《嵩山十二首·三醉石》诗序,作者与梅尧臣、杨子聪三人同游嵩山,坐在此石上饮酒至醉,叫梅尧臣写了三个"醉"字在石上,然后三人又在石上各题其姓名而刻之。

35　飞琼:传说中王母的侍儿。此处代指侑酒的歌女。

36　"寒篁"句:指歌女吹笙。篁,当作簧,指笙上的簧管。凤嘴,笙的吹奏口。

37　"银甲"句:指歌女弹筝。银甲,银制的假指甲,用以拨弦。雁弦,筝的弦柱排列似雁行,故其柱称雁柱,其弦叫雁弦。

38　白云曲:古曲名,此处代指作者所作歌词。黄金船:一种船形的大酒杯。

39　云鬟:高高的发鬟。

40　簟(diàn):竹席。

41　"诏书"二句:指仁宗明道二年(1033)五月钱惟演因事得罪,被罢"同平章事"(同宰相),贬到随州去当崇信军节度使。

42　送之:送钱惟演。潸(shān)潸:不断地流泪的样子。

43　随:随后,接着;指送别钱惟演之后。赴春官:指梅尧臣入京参加礼部试。春官,礼部的别称。

44　依然:同依依;依恋不舍。

初出真州泛大江作 [1]

孤舟日日去无穷，行色苍茫杳霭中 [2]。
山浦转帆迷向背 [3]，夜江看斗辨西东 [4]。
潞田渐下云间雁 [5]，霜日初丹水上枫。
莼菜鲈鱼方有味 [6]，远来犹喜及秋风。

这首七律是仁宗景祐三年(1036)七月欧阳修贬官夷陵途中，乘船航行于真州江面上时所作。这一年五月间，政治改革家范仲淹因上书言事得罪了宰相吕夷简，被贬知饶州。范仲淹政治上的同道和好友余靖、尹洙、欧阳修激于义愤，起来向朝廷抗争，也相继被贬谪出京。欧阳修被贬为峡州夷陵(今湖北宜昌)县令，距范仲淹被贬才十天。他离开汴京后，从水路出发，七月中旬到达真州，住了十多天，然后乘船溯大江西上。诗即作于初出真州的船上。

诗人着意描写江面上的秋景，是为了排遣贬谪途中的孤独感和失落感，追求精神的解脱。所以前两联景中含情，境界幽寂而苍莽，以旅途之迷茫来反映抒情主人公心情之迷茫。

后两联则笔势振起，写自己摆脱了孤独和忧伤，寻觅到了精神的慰藉。云雁之飞下水田，江枫之映日而丹，都是在暗示作者心情渐趋开朗。尾联秋风莼鲈之典的活用，更是表明诗人已经得到了精神的慰藉。

　　此诗写得平易流畅，纡徐不迫，风格颇似其文。清人宋长白在论证欧阳修"诗似其文"时，即举本篇"山浦转帆迷向背，夜江看斗辨西东"一联为例，谓其"纡徐不迫，雅似其文境矣"。(《柳亭诗话》卷二十九)

1　真州：今江苏仪征。大江：长江。

2　杳霭：远处的云气。

3　山浦：靠水的山脚。

4　斗：北斗星。

5　潨(biāo)田：充满水的田。潨，水流的样子。

6　莼(chún)菜鲈鱼：这是用晋人张翰因秋风起而思念家乡美食的典故。《晋书·张翰传》："翰因见秋风起，乃思吴中菰菜、莼羹、鲈鱼脍，曰：'人生贵得适志，何能羁宦数千里以要名爵乎？'遂命驾而归。"

江行赠雁

云间征雁水间栖，矰缴方多羽翼微[1]。
岁晚江湖同是客，莫辞伴我更南飞。

　　这首诗是欧阳修在赴夷陵贬所的路途中，继《初出真州
泛大江作》后所写的又一名篇。上一年的七月，他离开真州，
乘船逆水西上，经江、黄、鄂三州，入洞庭，离夷陵越来越近。
此时季节已是秋末冬初，水乡的景色越来越荒凉，作者的心情
也越来越悲凉。当他看到云间水际一群群大雁时，免不了触
景生情，于是写下这首以物拟人、借物抒怀的小诗。

　　诗的首句写雁的行踪，次句写雁的遭遇，明写征雁，暗喻
自己。征雁的云间飞翔、水边栖息的行止，有似于作者在江湖
间奔波劳苦、风餐露宿的旅途生活；而雁群南飞途中所经历
的"矰缴"之险，与欧阳修及其同道刚刚经受的政治打击与迫
害，也有其共同之处。

　　诗的第三句意思一转，直接点出作者与征雁之间同"病"
（遭遇）相怜的关系。正是由于这种特殊关系，使他对征雁产
生了一种特殊的感情。所以诗的末句对征雁呼唤道：既然我
们遭遇相同，命运相近，那就请你莫辞辛苦，继续陪伴着我，飞
到南方的夷陵吧！这一系列描写与倾诉，表面上显得平和，实

际上却蕴含着多少沉痛和悲凉!

　　全篇比兴深婉,形象鲜明,情感丰富,语言平易,风格含蓄,颇有唐人绝句的风味。

1　矰缴(zēng　zhuó):射取飞鸟的猎具。矰,一种用丝绳系住以便于射取飞鸟的短箭。缴,系在箭上的丝绳。

晚泊岳阳[1]

卧闻岳阳城里钟，系舟岳阳城下树。
正见空江明月来，云水苍茫失江路[2]。
夜深江月弄清辉，水上人歌月下归。
一阕声长听不尽[3]，轻舟短楫去如飞[4]。

这首诗也是欧阳修诗的名篇之一，为作者景祐三年（1036）秋九月赴夷陵贬所途中所作，写的是月夜泊舟岳阳城下的所见所感。

诗的主旨，是抒发一个迁谪者的旅途思归之情，但全篇却句句写景，并无一字言愁，而羁旅之愁、思家之情却隐隐从景中透出。

作者赴贬所途中所作《于役志》记载：九月"己卯（初四日）至岳州，泊城外"。诗即从这一天黄昏系舟城外树下而卧闻"城里钟"写起，至夜深不眠而倾听行舟者的"月下歌"止，留下了足以让人驰骋想象的漫长时间与广阔空间。同时在篇末以夜深时有意之"听"呼应篇首黄昏时无意之"闻"，暗示了自己处境之孤独和愁思之绵长。

诗中写月色，轻描淡写，笔调空灵，境界全出，看似毫不费力，却是全篇营造抒情意境最具匠心、最显特色之处。通篇平易流畅，境美情长，而又饶有婉曲之致。

方东树《昭昧詹言》卷二十二评欧阳修诗："情韵幽折，往返咏唱，令人低徊欲绝，一唱三叹，而有遗音，如啖橄榄，时有余味。"就是针对这一类作品而言的。

1　岳阳：也称岳州，即今湖南岳阳。

2　失：消失，隐没。这句说月光之下江上水汽与空中雾霭相接，江上的来路隐没在一片苍茫之中。

3　一阕（què）：一曲。指歌曲。听不尽：还没有听完。

4　楫（jí）：船桨。

初至夷陵答苏子美见寄[1]

三峡倚岩峣[2]，同迁地最遥[3]。
物华虽可爱，乡思独无聊。
江水流清嶂，猿声在碧霄。
野篁抽夏笋，丛橘长春条。
未腊梅先发，经霜叶不凋。
江云愁蔽日，山雾晦连朝。
斫谷争收漆[4]，梯林斗摘椒[5]。
巴宾船贾集[6]，蛮市酒旗招[7]。
时节同荆俗[8]，民风载楚谣。
俚歌成调笑[9]，撩鬼聚喧嚣[10]。

自注：夷陵之俗多淫奔，又好祠祭，每遇祠时，里民数百，共馂其余[11]，里语谓之"撩鬼"，因此多成斗讼。

得罪宜投裔[12]，包羞分折腰[13]。
光阴催晏岁[14]，牢落惨惊飙[15]。
白发新年出，朱颜异域销。
县楼朝见虎，官舍夜闻鸮[16]。
寄信无秋雁[17]，思归望斗杓[18]。

须知千里梦，长绕洛川桥[19]。

————

　　这首五言排律为景祐三年（1037）冬天在夷陵所作。全诗写景抒情，不但记叙描写了初到贬谪之地时的所见所感，而且寄寓着仕途遭到挫折的苦闷和对青年时期在洛阳那一段潇洒生活的怀念。

　　诗可分为四个段落来赏析。第一段为开头四句，自述初到异地，不免引起了乡思愁情。第二段从"江水流清嶂"到"撩鬼聚喧嚣"，共十六句，具体描述夷陵的山川风情。这一段分量最重，其篇幅占全诗的二分之一。这是全篇的主干部分，也是最见作者写景叙事的艺术功力的部分。它以简练的笔触、清丽的色调，生动地描写出夷陵初冬时节的自然景色和土风民俗，散发出浓郁的生活气息，可以说是诗中有画。第三段为"得罪宜投裔"到"官舍夜闻鸮"八句，承上对异乡景色的描写而来，写被贬谪到蛮荒之地的屈辱和苦闷。第四段为最后四句，写思归的心情和对洛阳那段生活的怀念。

　　本篇同以上所选的夷陵诸作一样，都是欧阳修青年时期的作品，具有他早期诗作共有的一些特点，正如朱自清先生在评论《书怀感事寄梅圣俞》时所说的"诗系少作，故排偶多，音律谐，无刻琢之句"。（《宋五家诗钞》）

1　苏子美：北宋诗人苏舜钦，字子美，是欧阳修的好朋友。

2　岧峣（tiáo yáo）：山峰高峻的样子。

3　"同迁"句：指为范仲淹事同时被贬的余靖、尹洙、欧阳修三人中，欧阳修要去的夷陵离汴京最遥远。按，余靖被贬为监筠州（今江西高安）酒税，尹洙被贬为监郢州（今湖北钟祥）酒税，此二州离汴京都较夷陵为近。同迁，同时被贬谪。

4　斫（zhuó）谷：割稻。收漆：收取生漆。

5　梯林：架起梯子登上树；梯作动词用。斗：争先之意。椒：木名，子实称花椒，为调味香料。

6　巴賨（cóng）：古代巴人也叫巴賨（賨为川东、重庆和湖南西北部一带的少数民族）。贾（gǔ）：商人。这句是指从巴蜀来的船商云集于夷陵。

7　蛮市：少数民族的集市。蛮，古时对南方少数民族的通称。酒旗：旧时酒店门前悬挂的布招牌。

8　"时节"句：指夷陵的时令风俗与荆州一带相同。

9　俚歌：民歌。调笑：嘲戏取笑；这里应是指当地男女用民歌来谈情说爱。

10　禊（qì）鬼：民间祭祀完毕聚饮。禊，祭。

11　馂（jùn）：吃剩余的食物。

12　投裔：贬谪、流放到边远之地。裔，边远的地方。

13　包羞：承受羞辱。《周易·否卦》："包羞，位不当也。"

杜牧《题乌江亭》诗："胜败兵家事不期,包羞忍耻是男儿。"
分(读去声):甘愿,理当。折腰:用晋陶渊明"不为五斗米折
腰"典。

14　晏岁:"岁晏"的倒置,岁晚之意;指快到年底了。晏,晚。

15　牢落:孤寂苦闷,无所寄托。惊飙:令人惊心的狂风。

16　鸮(xiāo):猫头鹰。

17　"寄信"句:用鸿雁传书的典故,说明夷陵地处边远,难以
传递信息。

18　斗杓(biāo):古代指北斗七星柄部的三颗星。这里即是
代指北斗星。

19　"须知"二句:意指自己对洛阳那一段生活十分怀念。洛
川桥,代指洛阳。

宿云梦馆 [1]

北雁来时岁欲昏 [2]，私书归梦杳难分 [3]。
井桐叶落池荷尽，一夜西窗雨不闻 [4]。

　　这首七言绝句大约作于作者贬官夷陵时。它的主题是表
达对妻室的思念，立意从李商隐《夜雨寄北》诗"君问归期未
有期，巴山夜雨涨秋池。何当共剪西窗烛，却话巴山夜雨时"
化出，但章法有所不同，意象、情景也能自出机杼，写梦中、梦
醒的情态和心理十分逼真而细腻。李诗像一封短信，好似用
笔和妻子聊天；又像是今人在通电话，透过话筒回答妻子关
于"何时回家"的询问。本篇却似一幅有声有色的秋夜独眠
图画，这幅图画的含意要靠聪明的读者依据画面提供的信息
去联想和想象。

　　总的说来，李诗明白地点出盼望团圆之时与妻子共话今
夜的念头，本篇却将这一层意思寄于言外。

1　云梦：县名，今属湖北。馆：驿馆、驿站。

2　岁欲昏：即岁欲暮之意。一年将尽。

3　私书：指家信。归梦：梦中归家。杳：这里指渺茫不可分
辨。此句语本李商隐《赠从兄阆之》诗："私书幽梦约忘机。"

4　井桐：指庭院里的梧桐树。因树的四周有井状的护栏，故名。池荷：池塘里的荷花。这两句说，梦醒后只见桐叶飘落，池塘里的荷花凋谢已尽，下了一夜的秋雨，自己在梦中竟充耳不闻。

戏答元珍[1]

春风疑不到天涯[2]，二月山城未见花。
残雪压枝犹有橘，冻雷惊笋欲抽芽[3]。
夜闻归雁生乡思，病入新年感物华[4]。
曾是洛阳花下客，野芳虽晚不须嗟[5]。

　　本篇为仁宗景祐四年(1037)春二月在夷陵作，它抒写了作者谪居偏僻山城的寂寞抑郁以及自我排遣的情怀。其中虽然也有思乡之苦和病入新年的感伤，但总的看来并不过于愁苦和感伤，而善于自我开解，特别是诗的尾联，能以清通旷达的心态对待不如意的人生处境。诚如陈衍《宋诗精华录》所评："结韵用高一层意自慰。"

　　这是欧阳修自以为得意的一首诗，可称为他的七律的代表作。特别是其首联二句，上句先写对山城春晚的感受和猜想，下句再补充说明引起这种感受和猜想的原因，两句相合，既叙写出作诗的时间、地点和山城早春的特殊气象，又点出了感伤的主题，并为下文的写景预作铺垫，意思曲折而连贯，故而作者自己也很欣赏，他解释道："若无下句，则上句何堪？既见下句，则上句颇工。"(《笔说·峡州诗》)元人方回评论说："以后句句有味。"(《瀛奎律髓汇评》)

　　试看接下来第二联写夷陵早春二月最有代表性的景物，描绘出一般人尚未察觉到的春之苗头；第三联写乡思兼写对于时光流逝景物变换的感受；尾联则忆往事，看眼前，作出自我宽解。好句联翩而出，诗情、画意与理趣兼具，体现了欧阳修诗歌流利畅达、清新自然的风格。

1　元珍：丁宝臣，字元珍，仁宗景祐元年（1034）进士，时任峡州（今湖北宜昌）判官。

2　天涯：与下句"山城"均指夷陵（今湖北宜昌）。

3　冻雷：春日之雷。因其时尚未解冻，故称冻雷。

4　物华：美好的景物。

5　"曾是"二句：意谓我曾在洛阳观赏过牡丹花，夷陵的野花虽然不如洛阳牡丹，而且开放较晚，但我也不必嗟叹了，因为毕竟有花可赏。

春日西湖寄谢法曹歌[1]

西湖春色归[2]，春水绿于染[3]。
群芳烂不收[4]，东风落如糁[5]。
参军春思乱如云，白发题诗愁送春[6]。
遥知湖上一樽酒，能忆天涯万里人[7]。
万里思春尚有情，忽逢春至客心惊。
雪消门外千山绿，花发江边二月晴。
少年把酒逢春色，今日逢春头已白。
异乡物态与人殊[8]，惟有东风旧相识。

这首古风也写于景祐四年 (1037) 春天。前一年十月，作者因为支持范仲淹的政治革新和对保守派的斗争，写信痛斥保守派谏官高若讷，被降职为峡州夷陵令。友人谢伯初从许州寄诗安慰他，他便写这首诗作答。

此诗着重表现朋友间的思念之情，也抒发了自己遭受贬谪、览物伤春的苦闷心情。诗的前半部分写想象中的许州西湖春景和谢伯初游湖的心情，实际上是含蓄地表达对友人寄诗安慰自己的这番情意的感激。后半部分通过对夷陵春天景物的描绘，抒写自己的苦闷。

全篇融情入景，即景抒情，从写想象中的西湖春景自然过

渡到写眼前的夷陵春景,可谓步步生春,不但情景历历如画,
而且都与友人和自己的心境浑然一体。

　　这首诗想象丰富,意境悠远,音节铿锵流利,情韵绵长,
风格接近李白而稍逊其豪迈,是欧阳修自己比较得意的作品。
他在《六一诗话》中特意提到这首诗,并说明诗中有些抒情句
子的来头道:"余谪夷陵时,景山方为许州法曹,以长韵见寄,
颇多佳句。有云:'长官衫色江波绿,学士文华蜀锦张。'余答
云:'参军春思乱如云,白发题诗愁送春。'盖景山诗有'多情
未老已白发,野思到春如乱云'之句,故余以此戏之也。"

1　西湖:指许州(今河南许昌)西湖。谢法曹:指谢伯初,字
　景山,晋江(今属福建)人,天圣、景祐年间以诗知名,当时在许
　州任司法参军。宋代州府置录事参军、司理参军、司法参军等
　属官,统称曹官,司法参军即称法曹。

2　归:回去,指春光将逝。

3　绿于染:比染过的绿丝绸还绿。

4　烂不收:指落花委地,到处飘散,难于收拾。

5　落如糁(sǎn):糁,碎米粒,引申指散粒状的东西,这里形
　容飘落的花瓣。以上四句写想象中的许州西湖暮春景色。

6　参军:指谢伯初。春思乱如云:春天思绪缭乱,如同天空
　的云彩动荡不定。按,谢伯初曾先寄给欧阳修一首诗,其中有

"多情未老已白发,野思到春如乱云"之句,这里便是针对谢伯
初的这两句诗而发。

7   天涯万里人:作者自指。因被贬在边远之地的夷陵,故如
此自称。

8   殊:不同,引申为"陌生"的意思。这句连同下句的意思
是,夷陵的景色对我很陌生,只有春风依然和过去一样。

代赠田文初 [1]

感君一顾重千金，赠君白璧为妾心。

舟中绣被薰香夜，春雪江头三尺深。

西陵长官头已白[2]，憔悴穷愁愧相识。

手持玉斝唱《阳春》[3]，江上梅花落如积。

津亭送别君未悲，梦阑酒解始相思[4]。

须知巫峡闻猿处[5]，不似荆江夜雪时。

　　景祐四年(1037)仲春，田文初从荆南往万州(今重庆万州)探亲，途经夷陵，与欧阳修相见，欧乃作此诗以赠。

　　这首赠友诗写得十分别致而含蓄。说"代赠"，是因为此诗是假托一个女子的口吻写成的。诗本身似是陈述田文初与一个女子的恋情，实际上是借这段可能是虚拟的恋情的陈述，表达贬谪中的作者对田文初来看望和安慰自己的感激之情。诗中的"君"，不用说是指田文初，而"妾"所表达的情意，实际上是欧阳修对田文初的情意。

　　诗的开头，就隐隐表达了作者对田文初对自己的"一顾"的感激之情。而"舟中绣被薰香夜，春雪江头三尺深"二句，虽写的是男女欢情，语言稍涉绮艳，但也不妨用来喻示朋友相得之乐。"西陵"二句则是作者本人忍不住现身出来了。"手持"二句,明写男女离别,暗示朋友分手。篇末四句,设想离别后的境况,而且指明"君"所去的方向——穿过巫峡去万州,这更表明了作者对即将西去的田文初的依依不舍之意。

虽然如此,我们还是可以把此诗当成一篇优美的恋爱故事来读。因为它叙事简洁生动,造境幽婉艳丽,而且饱含情韵,语言也富有光泽和暗示性,十分耐人寻味。清人方东树评论说:"此诗令人肠断,情韵真是唐人。加入中间一层,更阔大。收四句深折,唐人绝句法也。"(《昭昧詹言》卷十二)

1　田文初:田画,字文初,是欧阳修在夷陵期间结识的友人。作者《送田画秀才宁亲万州序》云:"文初辞业通敏,为文敦洁可喜。岁之仲春,自荆南西拜其亲于万州,维舟夷陵。予与之登高以远望,遂游东山,窥绿萝溪,坐磐石。文初爱之,数日乃去。"

2　西陵:即夷陵。西陵长官乃作者自指。头已白:已经衰老。按,作者这时才三十出头,说"头已白"是夸张地表明自己因遭贬谪而早衰。

3　斝(jiǎ):古代一种盛酒的器皿。阳春:"阳春白雪"的省写,为古代楚国歌曲名。

4　梦阑:梦残,梦尽。

5　巫峡闻猿:为长江三峡中巫峡之一景。郦道元《水经注·江水》引巴东渔歌曰:"巴东三峡巫峡长,猿鸣三声泪沾裳。"

黄溪夜泊¹

楚人自古登临恨²，暂到愁肠已九回³。
万树苍烟三峡暗⁴，满川明月一猿哀⁵。
非乡况复经残岁⁶，慰客偏宜把酒杯⁷。
行见江山且吟咏，不因迁谪岂能来⁸？

　　这首诗作于欧阳修谪居夷陵期间。作者在此地创作颇丰，除了一些友朋赠答的名篇如《戏答元珍》《春日西湖寄谢法曹歌》等之外，还写了一组歌咏夷陵风物和自己谪宦心情的《夷陵九咏》。本篇就是其中为人传诵的一首。它描画了峡川月夜的凄清景色以及作者在特定时空环境中复杂的心理感受。

　　其中，"万树苍烟三峡暗，满川明月一猿哀"一联无论从意境之苍凉、色调之凄清、景物组合之巧妙还是从对仗之工、声律之美来看，都臻于上乘，是足为三峡风光生色的写景名句。然而作者此时此地写景是为了抒发感情，诗的前三联，都是为了宣泄自己谪宦之哀情的，所以写得凄怆悲凉，愁肠九回。结尾一联却奋力从悲哀之中解脱出来，达于通脱乐观的思想境界，显示了直面人生挫折的豁达气度。

　　清人陆次云认为，这首诗的此种写法是"以见江山为慰，迁谪人善自遣心之法"（《宋诗善鸣集》评语卷上）。这种通过

自我解嘲表现放达精神的写法,与唐人元稹贬谪越州时所作
《以州宅夸乐天》中的"我是玉皇香案吏,谪居犹得住蓬莱"颇
相类似。

1 黄溪:夷陵(今湖北宜昌)境内的一条溪水,具体地点已
无考。

2 "楚人"句:夷陵在春秋战国时属楚国,楚人宋玉作《九
辩》,中有"憭慄兮若在远行,登山临水兮送将归","坎廪兮贫
士失职而志不平,廓落兮羁旅而无友生,惆怅兮而私自怜"等
登临抒恨的句子,故云。

3 愁肠九回:形容忧伤至极。语出司马迁《报任少卿书》:
"是以肠一日而九回。"

4 三峡:指长江三峡(瞿塘峡、巫峡、西陵峡)。此句应是暗
用杜甫《秋兴八首》其一"玉露凋伤枫树林,巫山巫峡气萧森"
诗意。

5 一猿哀:用巴东渔歌"巴东三峡巫峡长,猿鸣三声泪沾裳"
(见《水经注·江水》)语意。

6 残岁:残年,指一年将终。

7 客:诗人自指。偏宜:最宜,最适合。

8 "行见"二句:大意是若不是被贬谪,就不能见到此地的好风
景;所以不妨借江山之助,多作几首诗。行,且。吟咏,指作诗。

古瓦砚

砖瓦贱微物，得厕笔墨间[1]。

于物用有宜，不计丑与妍。

金非不为宝，玉岂不为坚？

用之以发墨[2]，不及瓦砾顽[3]。

乃知物虽贱，当用价难攀[4]。

岂惟瓦砾尔[5]，用人从古难[6]！

这首咏物诗作于景祐四年（1037）夏天，时作者在夷陵。作诗的起因是：这一年夏天，欧阳修的友人谢伯初（字景山）从许州托人带了一封书信"并《古瓦砚歌》一轴，近著诗文又三轴"到夷陵送给他（事见欧阳修《与谢景山书》），欧阳修十分兴奋，写了七古长诗《答谢景山遗古瓦砚歌》相答，意犹未已，又写了这首五古以尽其兴。

谢伯初的《古瓦砚歌》已经失传，我们只从欧的《答谢景山遗古瓦砚歌》中得知，此古瓦砚原是三国时曹操在邺都所建铜雀台废墟上的一块残瓦，经匠人镌刻而成砚台。那首诗只是就事说事，就物说物，叙述了自汉至魏晋时期历史的兴衰，交代了古瓦砚的来源，并抒发了对此奇物的宝爱之情。本篇却借物兴感，借题发挥，从瓦砚的功用生发开去，表达了作者在如何选拔人才这个问题上的观点。这是古代咏物诗中的一种创格，它不粘着于物的形貌，而是借咏物议论人事和寄寓哲理。宋诗的特点之一是以议论为诗，此诗即是以议论为诗的一篇代表作。

1　厕：厕身，参加进来的意思。

2　发墨：研磨时出墨多而且快。作者所著《砚谱》指出，端砚虽名贵，"然十无一二发墨者"；真古瓦砚难得，但"凡瓦皆发墨"。

3　顽：指质地顽钝，反而能出墨多而快。

4　攀：比附，比较。

5　尔：如此。

6　"难"：一本作"然"，"然"作"这样"解，亦通。

答杨辟喜雨长句[1]

吾闻阴阳在天地[2]，升降上下无时穷。
环回不得不差失[3]，所以岁时无常丰[4]。
古之为政知若此，均节收敛勤人功[5]。
三年必有一年食，九岁常备三岁凶[6]。
纵令水旱或时遇，以多补少能相通。
今者吏愚不善政，民亦游惰离于农。
军国赋敛急星火，兼并奉养过王公[7]。
终年之耕幸一熟，聚而耗者多于蜂。
是以比岁屡登稔[8]，然而民室常虚空。
遂令一时暂不雨，辄以困急号天翁[9]。
赖天闵民不责吏[10]，甘泽流布何其浓[11]！
农当勉力吏当愧，敢不酌酒浇神龙[12]！

这是一首揭露时弊、同情民生疾苦的政论诗。作者以景祐四年（1037）十二月自夷陵令改任乾德令，次年三月到任。到任不久就遇到了严重的旱灾。他的文集中有在乾德作的《求雨祭文》，记述了这次旱灾和祈雨的情况。本篇则作于祈雨得雨、旱情解除之后。

从诗中的抒情和议论可以看出，年轻的欧阳修已经具有强烈的忧患意识,对时事政治有深刻的洞察力。诗作于灾害过去之后,又是和答别人的"喜雨"之作,可是诗人的心情一点也不轻松,他联想到了在这次灾害中受苦最深的农民,以及比自然灾害为祸更烈的时弊,于是在诗中发为议论,表达了他革新政治的强烈愿望。

这首诗的内容,可以说是作者那篇著名的政论文《原弊》的高度浓缩。在那篇文章中,作者指出北宋的时弊有三:一为"诱民之弊",二为"兼并之弊",三为"力役之弊"。这三项时弊,在这首诗中被概括为"今者吏愚不善政,民亦游惰离于农。军国赋敛急星火,兼并奉养过王公。终年之耕幸一熟,聚而耗者多于蜂"等句。所不同者,文中是直陈其事,而本篇则用诗的语言来表述而已。诗中对这些弊政的揭露是十分尖锐的。虽然作者一时还提不出革除弊政的有力措施,只是泛泛地要求执政者"均节收敛勤人功",要求"农当勉力吏当愧",但对于刚届而立之年的欧阳修来说,这已经是十分难能可贵的了。

本篇虽然议论较多,但由于议论是带情韵以行,所以并不显得枯燥直白,具有一定的说服力和感染力。

1　这首诗为宝元元年(1038)在乾德(今湖北老河口)作。杨辟:字里生平不详。一本"辟"作"子静"。"喜"一作"祈"。

2　"吾闻"句:意思是我听说阴阳两种力量在天地间交互运行。

3　环回:指阴阳升降、上下的循环。作者认为这种循环不可能毫无差误。

4　"所以"句:意思是阴阳循环有差误,就会造成灾荒,因而不可能年年风调雨顺,粮食丰收。

5　均节收敛:征收赋税要均匀,使用人力要有节制。

6　"三年"二句:意思是三年一定要余一年之食,九年要预备三年是荒年。

7　"兼并"句:意思是兼并之家生活享受往往胜过王公。

8　比岁:连年。登稔(rěn):丰收。稔,庄稼成熟。

9　号天翁:向天公呼号求雨。天翁,同天公。

10　闵民:怜悯人民。

11　甘泽:即甘雨,及时雨。

12　浇:洒酒祭献。

水谷夜行寄子美圣俞[1]

寒鸡号荒林，山壁月倒挂。
披衣起视夜，揽辔念行迈[2]。
我来夏云初，素节今已届[3]。
高河泻长空[4]，势落九州外[5]。
微风动凉襟，晓气清余睡。
缅怀京师友，文酒邀高会[6]。
其间苏与梅，二子可畏爱。
篇章富纵横，声价相磨盖[7]。
子美气犹雄，万窍号一噫[8]。
有时肆颠狂，醉墨洒霧霈[9]。
譬如千里马，一发不可杀[10]。
盈前尽珠玑，一一难柬汰[11]。
梅翁事清切，石齿漱寒濑[12]。
作诗三十年，视我犹后辈[13]。
文词愈清新，心意虽老大[14]。
譬如妖韶女，老自有余态[15]。
近诗尤古硬，咀嚼苦难嘬[16]。
初如食橄榄，真味久愈在。

苏豪以气轹，举世徒惊骇[17]。

梅穷我独知，古货今难卖[18]。

二子双凤凰，百鸟之嘉瑞。

云烟一翱翔，羽翮一摧铩[19]。

安得相从游，终日鸣哕哕[20]？

问胡苦思之？对酒把新蟹[21]。

这首五言古诗，是庆历四年（1044）秋天，在河北都转运使任上的欧阳修奉命巡视河东路，归途夜经水谷口时，因想到在京师时的文酒高会，特意写了寄给两位好友苏舜钦、梅尧臣的。

这首诗不仅抒写了作者与苏、梅二人之间的真挚友谊，更有意义的是，极为生动形象地描述出苏、梅两位齐名的诗人各自的诗歌风格特征，准确地评论了他们的诗歌创作成就，因而具有较高的诗论价值。虽是诗论，却不用抽象的语言和枯燥的概念来表述，而是用一连串生动的意象来加以描述。

诗的前半部分叙事写景简洁利落，语言凝练；中间的评论巧用多种比喻，把苏、梅的诗风描绘得十分鲜明生动；结尾写对友人的怀念，饱含感情。全诗一气贯串，结构紧密，脉络清晰，用仄韵一韵到底，音节铿锵，声情并茂，是欧阳修五古中的上乘之作。

1　水谷：水谷口，在今河北完县西北。子美：苏舜钦的字。圣
俞：梅尧臣的字。二人均为作者的好朋友。

2　嗛：马嚼子和缰绳。行迈：远行。语出《诗经·王风·黍
离》："行迈靡靡，中心摇摇。"

3　素节：秋天。《初学记》卷三引南朝梁元帝《纂要》："秋曰
白藏……节曰素节、商节。"届：到，来临。

4　高河：银河。泻长空：好像从天空倾泻下来。

5　九州：传说夏禹治水后将全国划为九州，后人因以九州代
指天下或中国。

6　文酒：饮酒写诗作文。邈：远。

7　磨戛：同"摩戛(jiá)"，两件东西互相摩擦作响。这里指
苏、梅二人在文坛名声都很响，难分高下。

8　万窍号一噫：形容苏舜钦的诗歌风格豪放，似乎把天地间
的各种声音都聚集在一声感叹中了。万窍，指自然界的各种
声音，古人认为它们都是从"窍"(洞穴)中发出来的。噫，感
叹的声音。

9　"有时"二句：意谓苏舜钦性格狂放，酒醉时濡墨挥毫写诗
作文，那气派好似大雨从天而降。霶霈(pāng pèi)，大雨。

10　杀：同"煞"，收束，收住。

11　柬汰：挑选和淘汰。柬，同"拣"，挑选。汰，淘汰。

12　石齿漱寒濑：意谓读梅尧臣的诗如同用寒濑中的沙石漱

齿,感觉十分清冽。这个典故出于《世说新语·排调》:"孙子
荆年少时欲隐,语王武子,当枕石漱流,误曰'漱石枕流',王
曰:'流可枕石可漱乎?'孙曰:'所以枕流,欲洗其耳;所以漱
石,欲砺其齿。'"濑,沙石上的激流。

13　视我犹后辈:看来我自己好像诗坛后辈一样。这是作者
自谦,目的是赞扬梅尧臣诗歌的老练和功力。

14　"文词"二句:这是倒置句,意思是心境虽然日渐衰老了,
文词却愈加清新动人。

15　妖韶女:年轻的美女。自:却。余态:指当年的风韵。

16　嘬(chuài):咬,吃。

17　轹(lì):原意为欺凌,引申为压倒、取胜。

18　"梅穷"二句:意思是梅尧臣穷困不得志的处境只有我
最了解,他的诗和古代作家风格相类,现在很少有人能真正
赏识。

19　翮(hé):本是鸟类羽毛下半部的硬管,这里指翅膀。
铩(shā):摧残。

20　哕哕(huì):本指鸾凤和鸣声。《诗经·鲁颂·泮水》:"鸾
声哕哕。"此处指朋友间的诗歌唱和。

21　胡:为何,为什么。苦:很,非常。

食糟民[1]

田家种糯官酿酒，榷利秋毫升与斗[2]。
酒沽得钱糟弃物，大屋经年堆欲朽[3]。
酒醅瀺灂如沸汤[4]，东风吹来酒瓮香。
累累罂与瓶[5]，惟恐不得尝。
官沽味浓村酒薄[6]，日饮官酒诚可乐。
不见田中种糯人，釜无糜粥度冬春[7]。
还来就官买糟食，官吏散糟以为德[8]。
嗟彼官吏者，其职称长民[9]。
衣食不蚕耕[10]，所学义与仁。
仁当养人义适宜[11]，言可闻达力可施[12]。
上不能宽国之利，下不能饱尔之饥[13]。
我饮酒，尔食糟。
尔虽不我责[14]，我责何由逃[15]？

这首诗大约作于庆历四年(1044)。那一年欧阳修奉命
视察河东路，发现该处官府将十五年积压损烂酒糟售配与人
户，要清醋价钱，对这种盘剥百姓的做法十分愤慨，曾向朝廷
上《乞不配卖醋糟与人户札子》，请求明令禁止配卖(摊派)
酒糟。从描写内容来看，本篇可能是与这篇札子同一时间

所作。

这是欧阳修社会政治题材诗中思想境界很高的一篇作品，它用对比的手法，揭露出当时社会的一桩极不合理的事实：官府把农民种出的糯米酿成美酒，实行专卖，供官吏和富人们享受，又赚了钱，而受灾的农民却连稀粥都喝不上，不得不向官府买回霉烂的酒糟来充饥。官吏们竟还认为这是对农民的恩典。

作者用儒家的仁政思想来谴责官府，并深深地自责，流露了自己不能施展政治抱负的苦闷心绪和忧国忧民的高尚情怀。尤其是忧民爱民这一点，十分难能可贵，因而为后世的诗评家们所看重。比如宋人许顗《彦周诗话》就赞扬道："欧阳文忠公《食糟民》诗，忠厚爱人，可为世训。"

从艺术表现上来看，本篇选取具体而有典型性的社会现象来揭露时弊的手法，以及篇末的自责语气等等，都显然是对唐人白居易"新乐府"诸篇有所借鉴和继承。

1　食糟民：指那些在灾荒之年被迫买酒糟为食的老百姓。灾民春荒被迫食糟，这在宋代是十分普遍的现象。欧阳修在他的诗文中多次对食糟民表示了深切的同情，本篇是其中反映这一问题最集中、最为形象的一篇。

2　官：指官府、政府。榷（què）利：专利，宋代规定酒由官府专卖,称为"榷酤"。秋毫:本指鸟兽秋天极微细的毫毛,这里比喻微小的利润。这两句说,官府用农民种出的糯谷来酿酒,升斗之间极微小的利润也不肯放过。

3　沽:既可指买,也可指卖;这里是卖出的意思。经年:整年。朽:指积压损烂,发霉变质。

4　酒醅(pēi):未经过滤的酒。瀺灂(chán zhuó):水流动翻腾的样子。这里是指酒醅浮动。按,这句是描写酿酒的情况。

5　罂(yīng):腹大口小的酒器。

6　官沽:官府所买的酒。村酒:民间酿造的酒。当时经官府特许并纳税后,民间也可以酿造少量的酒。薄:味淡,酒精含量低。

7　釜(fǔ):锅。糜粥:稀粥。糜,也是粥。

8　以为德:还以为是对百姓的恩德。

9　长(zhǎng)民:做百姓的长官,管理百姓。

10　不蚕耕:不养蚕、不种地。意思是不干农活。

11　仁当养人:仁就是要养活百姓。义适宜:义就是凡事要恰当,不要超过限度。

12　"言可"句:意思是对上述关于仁义的言论,官吏们本来是应该懂得并有力量施行的。

13　宽国之利:扩大国家的收益。饱尔之饥:让百姓吃饱。

尔,你们,指百姓。下文的两个"尔"字皆同此义。

14　不我责:不责备我。责,责备,动词。

15　我责何由逃:我的责任又哪能逃避得了呢? 责,责任,名词。

哭女师 [1]

暮入门兮迎我笑，朝出门兮牵我衣，戏我怀兮走而驰。旦不觉夜兮不知四时，忽然不见兮一日千思。日难度兮何长？夜不寐兮何迟？暮入门兮何望？朝出门兮何之？恍疑在兮杳难追，髟两毛兮秀双眉[2]。不可见兮，如酒醒睡觉追惟梦醉之时[3]。八年几日兮百岁难期[4]，于汝有顷刻之爱兮，使我有终身之悲！

本篇大约作于庆历五年（1045）夏秋之间作者的八岁女儿师夭亡之时。

这首诗在欧诗中可谓别具一格，它仿骚赋而谋篇，几乎每一句都用了楚辞常用的感叹语气词"兮"，营造出一种缠绵哀惋、反复咏叹的抒情基调，淋漓尽致地宣泄了作者不幸丧女之悲情。

但作者不是直抒胸臆，而是通过形象描写来寄寓悲情。诗中营造的是若干电影镜头般的片段梦境，在一连串跳接而成的镜头中出现的都是娇女生前可爱而鲜明的形象，这就使得所抒之情真切而深惋，具有感动人心的艺术魅力。

由于此诗是仿骚赋体，又是通过写梦幻境界来悼念死者,宋末元初的评论家、欧阳修的庐陵老乡刘壎便把它和欧的借述梦而悼亡妻之作《述梦赋》连在一起来评论道:"以上两编悲哀缱绻,殆骨肉之情不能忘邪?"(《隐居通议》卷五《古赋》)

1　女师:欧阳修的女儿,名师。
2　髡(kūn):剃去头发。髡两毛,指女儿头上扎两个小辫,辫子周围的毛发剃去。
3　追惟:追念。
4　"八年"句:欧阳修于景祐四年(1037)三月与薛氏结婚,次年生下女儿师,庆历五年(1045)师夭亡,年龄为八虚岁。

菱溪大石¹

新霜夜落秋水浅，有石露出寒溪垠²。
苔昏土蚀禽鸟啄，出没溪水秋复春。
溪边老翁生长见，疑我来视何殷勤。
爱之远徙向幽谷³，曳以三犊载两轮。
行穿城中罢市看，但惊可怪谁复珍。
荒烟野草埋没久，洗以石窦清泠泉。
朱栏绿竹相掩映，选致佳处当南轩。
南轩旁列千万峰，曾未有此奇嶙峋⁴。
乃知异物世所少，万斤争买传几人。
山河百战变陵谷，何为落彼荒溪濆⁵？
山经地志不可究，遂令异说争纷纭。
皆云女娲初锻炼，融结一气凝精纯。
仰视苍苍补其缺，染此绀碧莹且温⁶。
或疑古者燧人氏，钻以出火为炮燔⁷。
苟非神圣亲手迹，不尔孔窍谁雕剜⁸？
又云汉使把汉节，西北万里穷昆仑。
行经于阗得宝玉，流入中国随河源。
沙磨水激自穿穴，所以镌凿无瑕痕⁹。
嗟予有口莫能辨，叹息但以两手扪。

卢仝韩愈不在世，弹压百怪无雄文[10]。

争奇斗异各取胜，遂至荒诞无根原。

天高地厚靡不有[11]，丑好万状奚足论[12]。

惟当扫雪席其侧，日与佳客陈清樽[13]。

　　这首诗是庆历六年（1046）欧阳修贬守滁州时所作。他在滁州城东五里的菱溪上发现两块怪石，因作《菱溪石记》和这首《菱溪大石》诗。

　　此诗极力赞扬菱溪大石清白坚贞的品格及其嶙峋劲骨，惋惜它久经历练却深埋于荒烟野草无人见赏，这其实是借石头来表现自己的胸襟和情志。

　　全诗分为前、中、后三个段落，虚实结合，将石与人融为一体来写。从开头到"万金争买传几人"这十八句为前段，实写发现大石、运走大石和将它当宝物供养起来的经过，叙事饱含感情，且又简练而纡徐，十分引人入胜。中段从"山河百战变陵谷"起，到"所以镌凿无瑕痕"止，共十八句，为虚写，采用多种神话传说，假借各种议论，实际上是赞颂大石的"高才"与"美质"。构思奇特，想象丰富，波澜起伏，正是全篇最精彩的部分。从"嗟予有口莫能辨"到结尾这十句是后段，抒写作者自己对大石的无限爱惜之情。

　　此诗属咏物诗，但不同于一般描头画角、仅仅追求形似的咏物之作，而是借物抒情，做到了以物寓志、兴寄深远，所以能自成高格。关于它的写作技巧，清人方东树《昭昧詹言》点评道："平叙中入奇，议以代写。"说得很允当。

1　菱溪：原为滁州琅琊山脚下由西向东的一条溪流，溪早废，今只存一池塘，称菱溪塘。欧阳修另有《菱溪石记》，记菱溪石事。

2　垠（yín）：边，岸。

3　徙（xǐ）：迁移。

4　嶙峋（lín xún）：山石重叠不平的样子。

5　濆（fén）：水边。

6　"皆云"四句：这是在介绍滁州人关于菱溪石的一种传说，说它是当初女娲所炼补天之石。苍苍，指天。《庄子·逍遥游》："天之苍苍，其色正邪？"蔡琰《胡笳十八拍》："泣血仰头兮诉苍苍，胡为生我兮独罹此殃。"绀（gàn），微带红的黑色。莹，光洁透明。

7　燧人氏：古帝名。传说他发明钻木取火，使民熟食。《韩非子·五蠹》："民食果蔬蚌蛤腥臊恶臭而伤害腹胃，民多疾病，有圣人作，钻燧取火以化腥臊，而民说之，使王天下，号之曰燧人氏。"炮燔（fán）：烧烤食物。《诗经·小雅·瓠叶》："有兔斯首，炮之燔之。"

8　神圣：指燧人氏。不尔：不然。以上四句是关于菱溪石来源的另一种传说：它是当初燧人氏钻燧取火所用的那块石头。

9　汉使：指汉朝出使西域的使者。汉节：汉朝使者所持的节杖。于阗：汉代西域国名，在今新疆和田县一带。以上六句是关于菱溪石来源的又一种传说：它不是石头，而是汉朝使者出使西域时得到的于阗宝玉，不慎掉进河里，随着河水流到了中国内地。

10　"卢仝"二句：卢仝（约795—835），唐代诗人，自号玉川子，作诗以雄奇险怪著称。他写过一首《月蚀诗》，讨伐食月的虾蟆精怪。韩愈（768—824）：字退之，唐代著名散文家、诗人。其诗文雄奇险怪。他写过一篇《祭鳄鱼文》，讨伐吃人的鳄鱼。这两句说，可惜现在没有像卢仝《月蚀诗》、韩愈《祭鳄鱼文》这样的雄文来弹压百怪，遂使众说纷纭，莫衷一是了。

11　靡不有：无所不有。

12　奚足论：何足论。奚，为什么，有什么。

13　席其侧：在它（菱溪石）旁边铺上席子坐下。樽：一作罇，亦作尊，酒杯。

啼　鸟

穷山候至阳气生[1]，百物如与时节争。

官居荒凉草树迷，撩乱红紫开繁英。

花深叶暗耀朝日，日暖众鸟皆嘤鸣[2]。

鸟言我岂解尔意，绵蛮但爱声可听[3]。

南窗睡多春正美，百舌未晓催天明[4]。

黄鹂颜色已可爱，舌端哑咤如娇婴[5]。

竹林静啼青竹笋[6]，深处不见惟闻声。

陂田绕郭白水满，戴胜谷谷催春耕[7]。

谁谓鸣鸠拙无用？雄雌各自知阴晴[8]。

雨声萧萧泥滑滑[9]，草深苔绿无人行。

独有花上提葫芦[10]，劝我沽酒花前倾。

其余百种各嘲哳[11]，异乡殊俗难知名。

我遭谗口身落此，每闻巧舌宜可憎。

春到山城苦寂寞，把盏常恨无娉婷[12]。

花开鸟语辄自醉，醉与花鸟为交朋。

花能嫣然顾我笑，鸟劝我饮非无情。

身闲酒美惜光景，惟恐鸟散花飘零。

可笑灵均楚泽畔，《离骚》憔悴愁独醒[13]。

　　这首诗是庆历六年(1046)在滁州所作。这是欧阳修到滁州后在诗中第一次直接提到自己被贬谪,即所谓"我遭谗口身落此"。

　　文学史上一般的发政治牢骚的作品,多半都忍不住直抒胸臆,往往刻露直白,一泻无余,缺少艺术感染力。本篇却能力避这种倾向,而采用形象化的手段来抒发感情。具体来说,它是以啼鸟来引导、宣泄作者受诬陷遭贬谪后的苦闷和牢骚的。

　　此诗的艺术形象描写十分成功,它写春天里各种鸟儿的啼叫,写得有声有色,观察极为细腻,想象极为丰富,而且妙用拟人的手法,赋予鸟儿以人的情性,由此自然而然地引发出诗人自己的情绪。全诗用赋法来铺写物象和抒发感情,由鸟及人,连接自然,层次清楚,语言平易,音节流畅,读来有行云流水般的美感,体现了欧诗的主体风格。

1　候:时令;这里指春天。

2　嘤鸣:鸟叫。

3　绵蛮:鸟叫声。

4　百舌:鸟名,即画眉鸟。

5　黄鹂:鸟名,即黄莺。哑咤(yā zhà):鸟叫声。如娇婴:像娇小的女孩儿说话。按,这个比喻苏舜钦也用过,其《雨中闻莺》诗云:"娇騃人家小儿女,半啼半语隔花枝。"

6　青竹笋:鸟名。

7　戴胜:鸟名,即布谷鸟。谷谷:象声词,指布谷鸟的叫声。

8　"谁谓"二句:鸣鸠,即斑鸠。拙,指斑鸠不会造巢,常占鹊巢而居,民间因称斑鸠为拙鸟。知阴晴:据传斑鸠能预知阴晴,古谚说:"天欲雨,鸠逐妇;天既雨,鸠呼妇。"

9　泥滑滑:鸟名,即竹鸡。

10　提胡芦:鸟名,又叫提壶鸟。

11　嘲唶(zhāo zhé):鸟声嘈杂。

12　娉婷:美女,指歌妓。

13　灵均:即屈原,屈原字灵均。《离骚》:屈原的代表作品。憔悴愁独醒:用屈原故事。《史记·屈原列传》:"屈原至于江滨,被发行吟泽畔,颜色憔悴,形容枯槁。渔父见而问之曰:'子非三闾大夫欤? 何故而至此?'屈原曰:'举世皆浊,而我独清;众人皆醉,而我独醒。是以见放。'"

游琅琊山 [1]

南山一尺雪，雪尽山苍然[2]。
涧谷深自暖，梅花应已繁。
使君厌骑从[3]，车马留山前。
行歌招野叟，共步青林间。
长松得高荫，盘石堪醉眠。
止乐听山鸟[4]，携琴写幽泉[5]。
爱之欲忘返，但苦世俗牵。
归时始觉远，明月高峰巅。

　　这首五古为庆历六年（1046）初春在滁州所作。全诗记叙了一场春雪融化过后游览滁州风景名胜琅琊山的经历，表现了作者在贬谪生活中力求超脱世俗、寻求精神慰藉的强烈愿望。

　　诗分两个段落。第一段，从开头到"携琴写幽泉"止，共十二句，写游山的经过和乐趣。作者以自己的脚步所至为线索，用朴素而简练的笔触，依次描写春日琅琊山的苍峰、暖谷、青林、长松、山鸟与幽泉之美，不用藻饰，不加烘染，一幅山林春游图已如在纸上，而诗人的幽情雅韵也已洋溢于其间。结尾四句是第二段，即景抒情，表达了超越世俗、回归自然的愿望,"明月高峰巅"一句,以景结情,象征自己所追求的高远精神境界。

　　全诗采用诗词中最常见的先景后情的章法,运用委婉平易的叙事风格,却恰到好处地写出了特定客观环境中的特定人物心态。

1　琅琊山:在滁州城西南约十二华里,为皖东风景名胜。

2　雪尽山苍然:雪融化了,山露出了它青苍的本来面目。

3　使君:作者自称。汉代州刺史称使君,宋代知州相当于汉代州刺史,故欧阳修以此自称。骑从:车马随从。

4　止乐:停止奏乐。

5　携琴写幽泉:带着琴来,让它弹奏出像幽谷泉水流淌那样美妙的声音。写,谱写,这里指作曲来弹奏。

石篆诗 并序

　　某启：近蒙朝恩守此州。州之西南，有琅琊山唐李幼卿庶子泉者。某在馆阁时，方国家诏天下求古碑石之文集于阁下，因得见李阳冰篆庶子泉铭[1]。学篆者云：阳冰之迹多矣，无如此铭者。常欲求其本而不得，于今十年矣。及此来已获焉。而铭石之侧，又阳冰别篆十余字，尤奇于铭文，世罕传焉。山僧惠觉指以示予，予徘徊其下久之不能去。山之奇迹，古今记述详矣，而独遗此字。予甚惜之。欲有所述，而患文辞之不称。思予尝爱其文而不及者，梅圣俞、苏子美也。因为诗一首，并封题墨本以寄二君，乞诗刻于石。

寒岩飞流落青苔，旁斫石篆何奇哉[2]！
其人已死骨已朽，此字不灭留山隈[3]。
山中老僧忧石泐[4]，印之以纸磨松煤。
欲令流传在人世，持以赠客比琼瑰[5]。
我疑此字非笔画，又疑人力非能为。
始从天地胚浑判[6]，元气结此高崔嵬[7]。
当时野鸟踏山石，万古遗迹于苍崖[8]。
山祇不欲人屡见[9]，每吐云雾深藏埋。
群仙飞空欲下读，常借海月清光来。

嗟我岂能识字法，见之但觉心眼开。
辞悭语鄙不足记[10]，封题远寄苏与梅。

　　这篇七言古诗也是庆历六年（1046）在滁州所作。作为
金石学家的欧阳修对前代遗留的富有文化意味的石刻、石屏、
石砚之类有一种特殊的爱好，在诗文中屡见吟咏。他在滁州
琅琊山得见唐代书法名家李阳冰篆字铭石，这在金石学领域
是一件大事，他因此而兴奋之情不能自已，遂作此篇寄给友人
梅尧臣、苏舜钦以求和诗，打算一并刻石作为纪念。

　　此诗写法是学习韩愈的那首咏物名作《赤藤杖歌》。宋
代诗评家陈善将本篇和欧阳修的另外三首咏石屏的七古长
诗《菱溪大石》《紫石砚屏歌》《吴学士石屏歌》一起与韩诗
《赤藤杖歌》对比，认为"其法盖出于退之"（《扪虱新语》下
集卷二）。本篇从章法之开阖跌宕、想象之奇诡丰富、风格之
激壮雄豪和用语造句之散文化等方面来看，都深得韩诗七古
的神髓。

　　另外，此诗是题石之作，却用了题画诗的写法，所以显得
别致。方东树《昭昧詹言》点评此诗说："起叙，以下却起棱。
此与题画同。'当时'二句偷退之。"

1　李阳冰：字少温(一作仲温)，唐赵郡人。为李白族叔。他是著名的书法家，尤长于篆书，笔致清峻，学秦李斯而能独创一格。

2　斫(zhuó)：砍削。这里意为雕凿。

3　山隈(wēi)：山的曲折处。

4　泐(lè)：石头被水冲击而出现裂纹。

5　琼瑰：美玉。

6　胚：孕育。浑判：指天地剖分。

7　崔嵬：山高峻的样子。这两句说，从天地孕育到分开的过程中，分出一股元气，凝结成这个高山上的奇迹—石篆。

8　"当时"二句：意谓万古以来，除了偶尔有野鸟飞来踩踏山石外，人迹罕至，所以石崖上的这些字迹才能保存下来。

9　山祇(qí)：山神。

10　辞悭：语言贫乏。这是欧阳修的谦辞。

题滁州醉翁亭[1]

四十未为老，醉翁偶题篇[2]。
醉中遗万物[3]，岂复记吾年！
但爱亭下水，来从乱峰间。
声如自空落，泻向雨檐前。
流入岩下溪，幽泉助涓涓[4]。
响不乱人语，其清非管弦。
岂不美丝竹？丝竹不胜繁。
所以屡携酒，远步就潺湲[5]。
野鸟窥我醉，溪云留我眠。
山花徒能笑，不解与我言。
惟有岩风来，吹我还醒然。

————

这是一首借客观景物描写来抒发主观感情的诗。欧阳修诗集中直接以"醉翁亭"为题的诗，只此一篇，可与他的同题的散文名篇《醉翁亭记》对照阅读欣赏，从中可见诗与文表情达意之异同。这一诗一文，所写的都是同一个亭子，但从写作主旨到具体描写内容以至风格特征都有很大不同。

《醉翁亭记》是散文，散文宜于详尽地写景叙事，所以从醉翁亭周围环境写起，再写到亭本身，又写四时景色的不同和一天之内景色的变化,最后淋漓尽致地铺写滁人和太守在这里的游乐。该文虽也有主观抒情的成分,但毕竟是客观描写和叙事的成分居多。

本篇是抒情诗,以抒写主观感情为主,所以一开始就写自己,点明自号"醉翁"的缘由;接下来的写景,都是为了抒情,所以并不全面铺开,而是特意选取那一股流过亭下的山间幽泉来描写,借以寄寓自己的幽怀雅趣。

《醉翁亭记》更多地体现了作者迂徐委备、从容不迫的散文风格,本篇则较典型地代表了欧诗清丽流畅、疏旷飘逸的特色。清人宋长白评点说:"欧阳公《题醉翁亭》曰:'野鸟窥我醉,溪云留我眠。山花徒能笑,不解与我言。惟有岩风来,吹我还醒然。'有行云流水,自得其乐之意。"(《柳亭诗话》卷三十)虽是就篇末六句而言的,但也可用来概括评论全诗。

1　诗为庆历六年(1046)在滁州作。醉翁亭:滁州名胜古迹,在琅琊山后,为欧阳修在滁时所建。

2　"四十"二句:庆历六年欧阳修正好四十岁;他也是从这一年开始自称"醉翁"。

3　遗:遗忘,忘记。

4　涓涓:水细流不绝的样子。

5　潺潺:水慢慢流的样子。

幽谷晚饮[1]

一径入蒙密[2]，已闻流水声。
行穿翠筱尽[3]，忽见青山横。
山势抱幽谷，谷泉含石泓[4]。
旁生嘉树林，上有好鸟鸣。
鸟语谷中静，树凉泉影清。
露蝉已嘒嘒[5]，风溜特泠泠[6]。
渴心不待饮，醉耳倾还醒。
嘉我二三友，偶同丘壑情。
环流席高荫，置酒当峥嵘。
是时新雨余，日落山更明。
山色已可爱，泉声难久听。
安得白玉琴，写以朱丝绳[7]。

　　这首五言古诗是庆历六年（1046）初游滁州幽谷时所作。
滁州幽谷和幽谷泉，是欧阳修发现的。他的散文《丰乐亭记》
这样记述发现经过："修既治滁之明年夏，始饮滁水而甘。问
诸滁人，得于州南百步之近。其上丰山耸然而特立，下则幽谷
窈然而深藏，中有清泉，滃然而仰出。俯仰左右，顾而乐之。
于是疏泉凿石，辟地以为亭，而与滁人往游其间。"

　　本篇即是用诗的语言和诗的表现方法,具体而生动地描绘这一发现幽谷、游览幽谷的经过。但它又不是纯客观地写景和记游,而是像上一篇《题醉翁亭》诗那样,通过对山间幽泉的描写,寄寓自己的旷逸怀抱和幽情雅趣。

　　全诗格调清丽,意境清幽,有如作者精心描写的那条幽谷泉一样美。为了突出景物的清幽和诗人怀抱的清逸,所有的形容字都经过了精心的选择:草木用"蒙密",竹子称"翠筱",山曰"青山",谷叫"幽谷",树木散发出来的气息是"凉"气,水面的风给人的感觉是"泠泠"……如此等等,可以说是调动诸多艺术手段,创造了一个能够令人移情的审美境界。

1　幽谷:在滁州城西约一里许的大丰山北麓,为欧阳修所发现。其地之幽谷泉今尚存,又名紫薇泉。

2　径:路。蒙密:草木繁茂的样子。这里即指草木丛。

3　翠筱:绿色小竹。

4　泓:这里指潭。

5　嘒(huì)嘒:蝉鸣声。语本《诗经·小雅·小弁》:"菀彼柳斯,鸣蜩嘒嘒。"蜩,蝉的别名。

6　溜:急流。泠(líng)泠:清凉。

7　"安得"二句:意谓应该携带白玉琴到这里来,将幽谷泉声谱为琴曲。朱丝绳,指琴弦。

重读徂徕集[1]

我欲哭石子，夜开徂徕编。
开编未及读，涕泗已涟涟[2]。
勉尽三四章，收泪辄忻欢[3]。
切切善恶戒，丁宁仁义言。
如闻子谈论，疑子立我前。
乃知长在世，谁谓已沉泉[4]？
昔也人事乖[5]，相从常苦艰。
今而每思子，开卷子在颜。
我欲贵子文，刻以金玉联[6]。
金可烁而销，玉可碎非坚。
不若书以纸，六经皆纸传。
但当书百本，传百以为千。
或落于四夷，或藏在深山。
待彼谤焰熄[7]，放此光芒悬。
人生一世中，长短无百年。
无穷在其后，万世在其先。
得长多几何？得短未足怜。
惟彼不可朽，名声文行然[8]。

谗诬不须辨，亦止百年间。

百年后来者，憎爱不相缘[9]。

公议然后出，自然见媸妍[10]。

孔孟困一生，毁逐遭百端。

后世苟不公，至今无圣贤。

所以忠义士，恃此死不难[11]。

当子病方革[12]，谤辞正腾喧。

众人皆欲杀，圣主独保全。

已埋犹不信，仅免斫其棺[13]。

此事古未有，每思辄长叹。

我欲犯众怒，为子记此冤。

下纾冥冥忿[14]，仰叫昭昭天[15]。

书于苍翠石，立彼崔嵬巅[16]。

寻求子世家[17]，恨子儿女顽[18]。

经岁不见报，有辞未能诠[19]。

忽开子遗文，使我心已宽。

子道自能久，吾言岂须镌[20]！

　　这首著名的政治抒情诗是庆历六年（1046）秋天在滁州所作。此诗写作的背景是：上一年的七月，欧阳修的友人、支持和歌颂过"庆历新政"的石介病逝于家中。石介死后都不得安宁,被夏竦诬告私通契丹,甚至要被开棺验尸。对石介的诬陷如果得逞,那么保守派就可以借端株连,将"庆历新政"的推行者与支持者全部置于死地。由此可见,对石介的诬陷,实际上是保守派为反对新政而精心策划的一个政治阴谋。

作为"庆历新政"的拥护者和参加者,欧阳修写这首诗,就是要想通过为石介辩诬雪谤而保护"庆历新政"诸君子。他在此时为石介纾怨,实际上就是为"庆历新政"的夭折纾怨。因此这首诗虽然议论连篇,却情感真挚而饱满,论辩充分而有力。宋人许颧《彦周诗话》评论说:"欧阳文忠公《重读徂徕集》诗,英辩超然,能破万古毁誉。"

1   徂徕集:欧阳修的友人石介的文集。石介(1005—1045),字守道,因家在徂徕山(今山东兖州境)下,人称徂徕先生,文集也以此为名。

2   涕泗(sì):眼泪和鼻涕。涟涟:泪流不止的样子。

3   辄(zhé):即,就。忻(xīn)欢:快乐、喜欢。忻,同"欣"。

4   沉泉:沉埋在地下,指已经死亡。泉,黄泉,指地底下。

5   乖:不顺,抵触,背离常理。

6   刻以金玉联:把(石介的)文章刻在金和玉之上。

7   谤焰:指那些诽谤和诬陷石介的言论。

8   "惟彼"二句:意谓世间只有文人的名声可以不朽,这是因为他们有文章流传下来。

9　"百年"二句：意谓后人不会沿袭前人的偏见来决定自己的爱憎。缘，沿，顺着。

10　媸妍：美和丑。

11　恃：依赖，倚仗。此：指反映在文章中的道德和节操。

12　革（jí）：病危。

13　"已埋"二句：这是说的一件冤案：石介死后，夏竦向宋仁宗诬告说，石介其实没有死，被富弼派到契丹借兵去了，富弼准备做内应。仁宗将信将疑，派人去兖州准备开棺验尸。由于参加过石介丧事的数百人具结保证石介确实已死，才得仅免开棺。

14　下纾冥冥忿：下为死者解忿。纾，缓解。冥冥，昏暗幽深的阴间。

15　仰叫昭昭天：抬头上呼青天（为死者鸣冤）。昭昭，明亮；昭昭天，犹言"青天"。

16　崔嵬巅：指徂徕山头。

17　世家：即"家世"，指家庭历代功业、门阀、谱系等等情况。

18　顽：这里指愚顽、蠢笨。

19　报：回答。未能诠：无法下笔写文章。诠，原为说明解释之意，这里指写成文章。

20　镌（juān）：在金石上雕刻文字。

宝　剑[1]

宝剑匣中藏，暗室夜长明。
欲知天将雨，铮尔剑有声[2]。
神龙本一物[3]，气类感则鸣。
常恐跃匣去，有时暂开扃[4]。
煌煌七星文[5]，照曜三尺冰。
此剑在人间，百妖夜收形[6]。
奸凶与佞媚，胆破骨亦惊。
试以向星月，飞光射挽枪[7]。
藏之武库中，可息天下兵[8]。
奈何狂胡儿，尚敢邀金缯[9]！

　　这是一首借物言志的诗。它通过咏唱历来就有着种种
神奇传说的宝剑，寄托了欧阳修内除奸佞、外御强敌的政治
抱负。

　　全诗二十句，均匀地分为两个段落。前十句为第一段，极
力描写宝剑的神奇非凡。后十句为一篇之中心，写宝剑威力
无比，能够内除奸邪，外消战乱。通过对宝剑的威力和作用的
赞颂，表现作者的政治愿望。

　　之所以在篇末愤激地说"奈何狂胡儿，尚敢邀金缯"，确

与当时强敌压境而宋王朝却一味妥协退让以求苟安的政治形势密切相关。八年前,盘踞西北边塞的党项族首领元昊正式建都称帝,国号大夏(西夏),并发兵攻宋。其后连年开战。至庆历四年(1044)双方议和。经过反复地讨价还价,宋承认西夏为"夏国",元昊为国主;元昊答应对宋称臣,但条件是每年宋要"赐"给西夏白银七万余两,绢、帛等十五万余匹,茶三万余斤。这是北宋继与辽(契丹)的"澶渊之盟"后又一次丧权辱国的和约,同样是用"金缯"换得暂时的和平。

宋、夏议和之初,欧阳修曾以谏官的身份,多次上书反对这一屈辱的和约,但均未被采纳。从这首诗所流露的感情可知,作者此时虽在贬谪之中,仍时刻关心着国家大事。因此可以说,此诗是一首表达爱国立场的政治抒情诗。不过作者并没有一泻无余地直抒胸臆,而是巧妙地采用古典诗歌托物言志的传统表现手法,成功地用艺术形象来寄托思想感情,所以此诗显得形象鲜明,感情充沛,具有感动人心的艺术力量。

1　这首诗是庆历六七年间(1046—1047)在滁州作。

2　铮尔:形容金属撞击声。尔,同"然",词尾无义。

3　神龙本一物:古人认为世间稀有的宝剑乃是神龙所化,所以说"本一物"。

4　扃(jiǒng):闭锁。

5 煌煌：极明亮的样子。七星文：剑柄上刻镂着七颗星，作为装饰的花纹。

6 收形：隐藏起来，不敢露面。

7 搀枪（chān chēng）：即彗星，古人认为它的出现是将有战乱的征兆。

8 兵：这里指战争。

9 狂胡儿：指辽和西夏。古代统称北边的少数民族为"胡"，"狂"是形容其张狂自大，"儿"则含有轻视意味。邀：求得，这里有"强求"的意思。金缯（zēng）：金银和丝织品。缯，丝织品的总称。按，北宋王朝每年要用大量的银绢去讨好和安抚辽、西夏的统治者，以求得中原地区的苟安。

画眉鸟[1]

百啭千声随意移[2]，山花红紫树高低。
始知锁向金笼听，不及林间自在啼。

这首咏物诗为庆历七年（1047）春在滁州所作。全篇借
禽鸟寓情，表现诗人对羁束颇多的仕宦生活的厌倦和对自由
自在的田园山林生活的向往。前两句描写画眉鸟在山林花木
中自在飞翔、欢声啼叫的情景，形象生动，画面声色兼备。后
两句发为感慨，并寄寓哲理，十分耐人寻味，发人深省。当代
研究者认为，这首诗"显示了宋代咏物诗向哲理诗发展的趋
势"（傅璇琮《宋人绝句选》）。此评可供参考。

1　庆历七年（1047）春在滁州作。题一作《郡斋闻百舌》。
2　啭：鸟儿婉转地啼叫。

田　家[1]

绿桑高下映平川，赛罢田神笑语喧[2]。
林外鸣鸠春雨歇，屋头初日杏花繁。

　　这首田园诗是庆历七年(1047)春在滁州所作。诗境如画,画面的中心是乡村人家的活动场面:正是江南杏花春雨的美好时节,村民们在春社赛神后笑语喧腾,期盼着今年有一个好年成。诗篇不但真切地描写了乡村的美景乐事,也流露了作者对田家生活的兴趣。全篇笔触清新,色彩鲜活,很见作者述事写景的功力。

1　庆历七年(1047)春在滁州作。
2　赛田神:旧时农家于每年立春后第五个戊日举行赛神会,祭祀田神(土地神),祈祝一年的庄稼丰收,称为春社。赛,酬祭神灵。

丰乐亭游春　三首[1]

绿树交加山鸟啼[2]，晴风荡漾落花飞。
鸟歌花舞太守醉[3]，明日酒醒春已归。

春云淡淡日辉辉，草惹行襟絮拂衣。
行到亭西逢太守，篮舆酩酊插花归[4]。

红树青山日欲斜，长郊草色绿无涯[5]。
游人不管春将老，来往亭前踏落花。

　　这组诗作于庆历七年(1047)春。丰乐亭建于庆历六年
(1046)夏天，作这组诗时，是诗人第一次来自己营建的风景
点赏春，因此他感觉特别新鲜，游兴也特别高。

　　第一首写诗人春游兴致之高，并寄寓惜春之意。第二首
写滁人游春、相逢太守(作者自己)之乐，并表现诗人自己的
醉春之态。第三首写恋春之情，意蕴缠绵，境界悠远，是欧诗
的名篇。三首绝句内容互相关联，构成一个有序的整体。

　　这组诗的结构安排也颇具匠心，每一首都是前半写景，后
半写人，但各首所呈现的景象都不同：第一首是早晨，第二首
是日午，第三首是黄昏。这样写，可以让人体会时间的推移并

感受到诗人情绪的变化。

　　从抒情线索上来考察,这组诗是以一个隐藏于纸背的"乐"字贯穿成一体的:第一首主在太守游春之"乐",第二首则写太守与滁人同"乐",第三首专写滁人之"乐",但其中也寓"太守之乐其乐"(作者《醉翁亭记》中语)之意。而这最后一点,正是这组诗写景抒情重心之所在,也是它们有别于一般写景纪游诗之所在。

1　丰乐亭:为欧阳修在滁州做官时所建,遗址在滁州城西一里许的大丰山下,亭东十余步就是幽谷泉。

2　交加:彼此错杂。这里指树木成荫。

3　太守:欧阳修自指。下同。

4　篮舆:竹轿。酩酊:醉得迷迷糊糊的。

5　长郊:广阔的郊野。无涯:无边无际。

怀嵩楼新开南轩与郡僚小饮[1]

绕郭云烟匝几重[2]，昔人曾此感怀嵩[3]。
霜林落后山争出，野菊开时酒正浓。
解带西风飘画角[4]，倚阑斜日照青松。
会须乘醉携嘉客[5]，踏雪来看群玉峰[6]。

这首登楼览景抒怀的七言律诗，是欧阳修于庆历七年
(1047)，也就是他贬居滁州的第三年的秋天所作。

之所以登上怀嵩楼就产生强烈的创作冲动，是因为他与
此楼的建造者——唐人李德裕有着一定的感情共鸣。李德裕
原籍河北赞皇，自其父李吉甫为相，已将洛阳视为第二故乡。
李德裕两次分司东都(洛阳)，曾在洛阳龙门附近营建名园平
泉别墅，广搜天下奇花异石置于其中。后来出将入相，总难忘
情于此地，因而其诗文中颇多怀念嵩洛之作。李氏任滁州刺
史时，建怀嵩楼，寓"怀归嵩洛"之意。

欧阳修年轻时也曾在洛阳为官，并常与好友梅尧臣、尹洙
等畅游伊阙、嵩山。他自己后来常常回忆这段壮游，对嵩洛有
极深的感情。更巧的是，二百年前李德裕因党争而外放滁州，
二百年后欧阳修也因在朝廷内部的激烈斗争中失败而贬官滁
州，命运遭际的相似把他们的感情一下子沟通，所以这首诗就

自然而然地从欧阳修的笔下出来了。

不过,欧阳修此刻登此楼的心境与李德裕毕竟有很大的不同:李德裕《怀嵩楼记》开篇就说:"怀嵩,思解组也。"是当时已萌退隐之志;欧阳修此时登楼聚饮,却是心志高昂,豪气未衰,眼前是"山争出"的意象,胸中是"酒正浓"的情怀。他以怀古发端,写当下之胜景,预他日之清游,一副展望未来信心十足的样子,毫无衰迟颓唐之念。诗言志。这表明欧阳修虽经贬谪,意志并未衰退,在人生道路上仍持进取姿态。

这首诗最鲜明的特征,就是以阔大高远境界的营造,来凸显抒情主人公的嶙峋风骨和旷达胸怀。通过写景见出人的精神面貌,这种高超的艺术手法常为后人所学习借鉴。陈衍《宋诗精华录》就评论说:"'霜林'二句,极为放翁所揣摩。"仔细品味陆放翁那些景中有人的诗篇和名句,我们就会知道陈衍此评不虚。

1 怀嵩楼:滁州古迹。据《清一统志》卷一三八《滁州·古迹》:"怀嵩楼,在州治后,一名赞皇楼。唐李德裕刺滁州建,取'怀归嵩洛'之意。"郡僚:指作者在滁州的同事和下属们。

2 绕郭云烟:有云烟缭绕城郭。这是夸张地描写怀嵩楼的高出云端。匝(zā):环绕一周。

3 昔人:指唐人李德裕。他于唐文宗开成元年(836)到滁州任刺史。感怀嵩：指李德裕为此楼取名"怀嵩"，是寓"怀归嵩洛"之意。

4　解带：解开衣带。这个动作是酒酣引起的。画角：古乐器名。形如竹筒，本细末大，外加彩绘，故名画角。

5　会须：一定要。

6　群玉峰：指被白雪覆盖的滁州周围的群山。

沧浪亭[1]

子美寄我《沧浪吟》，邀我共作沧浪篇。
沧浪有景不可到，使我东望心悠然[2]。
荒湾野水气象古，高林翠阜相回环。
新篁抽笋添夏影，老枿乱发争春妍[3]。
水禽闲暇事高格[4]，山鸟日夕相啾喧[5]。
不知此地几兴废，仰视乔木皆苍烟。
堪嗟人迹到不远，虽有来路曾无缘[6]。
穷奇极怪谁似子，搜索幽隐探神仙。
初寻一径入蒙密[7]，豁目异境无穷边。
风高月白最宜夜，一片莹净铺琼田。
清光不辨水与月，但见空碧涵漪涟[8]。
清风明月本无价，可惜只卖四万钱。
又疑此境天乞与[9]，壮士憔悴天应怜[10]。
鸱夷古亦有独往[11]，江湖波涛渺翻天。
崎岖世路欲脱去，反以身试蛟龙渊[12]。
岂如扁舟任飘兀[13]，红蕖渌浪摇醉眠[14]？
丈夫身在岂长弃，新诗美酒聊穷年[15]。
虽然不许俗客到，莫惜佳句人间传。

　　这首诗是庆历七年(1047)在滁州所作,写作的缘起是:废居苏州的苏舜钦建成沧浪亭之后,写了《沧浪吟》一诗,另又写了《沧浪亭记》一文,寄到滁州,邀欧阳修唱和,于是欧写此诗作答。这是一首借题发挥的抒情诗,它通过对想象中的沧浪亭的描写,对友人不幸的政治遭遇表示了深切的同情,并由人及己,宣泄了自己遭打击受贬谪的牢骚。

　　诗分三个段落:开头四句为第一段,交代写作此诗的缘起;从"荒湾野水气象古"到"可惜只卖四万钱"这二十句为第二段,根据苏舜钦的诗篇和文章所提供的线索,发挥想象来描写沧浪亭的美景;以后的十二句为第三段,由景生情,由友人联想到自己,发牢骚,抒感慨,哀友人亦以自哀,并以"丈夫身在岂长弃"这样乐观自信的话语安慰友人和自己,实际上是对政治上的重新振起寄予了希望。

　　全篇形象鲜明,感情充沛,行文畅达,有行云流水之美。稍嫌不足的是,章法比较平直,语言不够精炼。陈衍《宋诗精华录》既把此诗作为"精华"入选,又对它的缺点加以批评道:"此诗未免辞费,使少陵、昌黎为之,必多层折而无长语。《渼陂行》《山石》,可参看也。特此题是诗家一掌故,故录之。'清风明月'二句,更一诗料。"

1　沧浪亭:苏州园林名胜之一,为欧阳修的好友苏舜钦所建。

苏舜钦因事获罪被革职为民后,定居苏州,买得五代时吴越广陵王钱元璙的旧园一座,经过修缮,并在园中傍水筑亭,取名沧浪。后人即以沧浪代替园名。按,本篇一题作《寄题子美沧浪亭》。

2 东望:遥望东方。作者在滁州,苏舜钦居苏州,苏州在东,故云"东望"。

3 新篁:新长的竹林。老枿(niè):老树的根株。这里指老树所长的新枝。

4 高格:高雅的风度。

5 啾喧:鸟儿叫声杂乱。

6 曾无缘:指无缘到沧浪亭。

7 蒙密:掩蔽很深。指树木幽森繁茂。

8 漪涟:同涟漪,微波。

9 天乞与:上天所赐。

10 壮士憔悴:指苏舜钦被革职闲居。语本杜甫《梦李白二首》:"冠盖满京华,斯人独憔悴。"

11 鸱夷:指春秋时范蠡。范蠡辅佐越王勾践灭了吴国,知勾践只能共患难而不能同安乐,因浮海而去,自号鸱夷子皮。独往:指范蠡功成身退的独特行为。

12 蛟龙渊:蛟龙出没之处,亦即风险浪恶之所。这是暗喻作者在政治斗争中失败,被贬到滁州。

13　飘兀:漂泊。

14　红渠:种有荷花的水渠。

15　穷年:终年,度完一年;意指打发时光。语出韩愈《进学解》"焚膏油以继晷,恒兀兀以穷年"。

紫石屏歌 [1]

月从海底来，行上天东南。

正当天中时，下照千丈潭。

潭心无风月不动，倒影射入紫石岩。

月光水洁石莹净，感此阴魄来中潜[2]。

自从月入此石中，天有两曜分为三[3]。

青光万古不磨灭，天地至宝难藏缄。

天公呼雷公，夜持巨斧㠙崭岩[4]。

堕此一片落千仞，皎然寒镜在玉奁[5]。

虾蟆白兔走天上，空留桂影犹毵毵[6]。

景山得之惜不得，赠我意与千金兼。

自云每到月满时，石在暗室光出檐。

大哉天地间，万怪难悉谈。

嗟予不度量，每事思穷探。

欲将两耳目所及，而与造化争毫纤。

煌煌三辰行[7]，日月尤尊严。

若令下与物为比，扰扰万类将谁瞻？

不然此石竟何物，有口欲说嗟如钳。

吾奇苏子胸，罗列万象中包含。

不惟胸宽胆亦大，屡出言语惊愚凡。
自吾得此石，未见苏子心怀惭。
不经老将先指决，有手谁敢施镵鑱[8]？
呼工画石持寄似，幸子留意其无谦。

  这首咏物诗是庆历七年（1047）在滁州所作。作者发挥想象力，运用绘画的手法，将一块静态的石头写得活灵活现，光彩夺目，如在眼前。

  这首诗的风格特征，可用一个"奇"字来概括。和作者在滁州所写的另外两首咏石诗《石篆诗》《菱溪大石》一样，本篇也是模仿学习韩愈想象奇特、穷极物理的诗风而写成的。具体来说，这几首诗都不同程度地模仿了韩愈的《赤藤杖歌》。宋代评论家陈善早就指出了这一点，他说："韩文公尝作《赤藤杖歌》云：'赤藤为杖世未窥，台郎始携自滇池。''共传滇神出水献，赤龙拔须血淋漓。又云羲和操火鞭，瞑到西极睡所遗。'此歌虽穷极物理，然恐非退之极致者。欧阳公遂每每效其体，作《菱溪大石》云（略）。观其立意，故欲追仿韩作，然颇觉烦冗，不及韩歌为浑成尔。公又有《石篆诗》云（略）。《紫石砚屏歌》云（略）。公又尝作《吴学士石屏歌》云（略）。此三篇亦前诗（指《菱溪大石》——引者）之意也，其法盖出于退之。"（《扪虱新语》下集卷二）陈善的看法可供我们欣赏这几首诗参考。

1　紫石屏歌:一本题作《月石砚屏歌寄苏子美》。苏子美,即作者好友苏舜钦。诗中"苏子"就是指他。作者文集中另有《月石砚屏歌序》,当是本诗之序,其中介绍此紫石屏的来源及其形状特征道:"张景山在虔州时,命治石桥小版一石,中有月形,石色紫而月白,月中有树森森然。其文墨而枝叶老劲,虽世之工画者不能为,盖奇物也。景山南谪,留以遗予。予念此石古所未有,欲但书事,则惧不为信,因令善画工来摹写以为图,子美见之,当爱叹也。"可与本篇参看。

2　阴魄:指月亮。《春秋繁露》:"阴之行不得于春夏,而月之魄常厌于日光。"《参同契》:"阳神曰魂,阴神曰魄,魂之与魄,互为室宅。"陈子昂《感遇诗三十八首》其一:"圆光正东满,阴魄已朝凝。"

3　两曜:指日月。《初学记》卷一引梁元帝《纂要》:"日月谓之两曜。"李白《古风》其二:"浮云隔两曜,万象昏阴霏。"这两句是说,自从月亮照进此石中,天上的两曜就分成了三曜。

4　隳(huī):毁坏,这里指劈砍。巉(chán):险峻的样子。语本《楚辞·招隐士》:"山气巃嵸兮石嵯峨,谿谷崭岩兮水曾波。"崭岩,同"巉岩",指险峻的岩石。

5　玉奁(lián):玉制的镜匣。

6　毵(sān)毵:枝叶细长。

7　三辰:指日、月、星。

8　镌镵(juān chán):雕刻刺凿。

别　滁[1]

花光浓烂柳轻明，酌酒花前送我行。
我亦且如常日醉，莫教弦管作离声[2]。

　　这首钱别诗，前两句描写滁州父老亲故和州署僚属为作者举行别宴的热烈隆重气氛，反映出他与滁州民众的真挚情谊。后两句表现了诗人面对离别时的洒脱旷达的胸怀，是宋诗中传诵很广的名句。钱锺书《宋诗选注》选了这首诗，并在后两句的注释中指出其创意之所从来及其对后来诗人的影响道："欧阳修这两句可以说是唐人张谓《送卢举使河源》里'长路关山何日尽，满堂丝管为君愁'；武元衡《酬裴起居》'况是池塘风雨夜，不堪弦管尽离声'；白居易《及第后归觐》'轩车动行色，丝管举离声'等等的翻案。""黄庭坚《夜发分宁寄杜涧叟》'我自只如常日醉，满川风月替人愁'，正从这首诗来。"

1　滁：指滁州，即今安徽滁州。仁宗庆历八年（1048）春，欧阳修自滁州徙知扬州，这首诗即离开滁州时在告别筵席上所作。
2　弦管：泛指乐器。离声：送别的感伤乐曲。

鹭　鸶[1]

激石滩声如战鼓，翻天浪色似银山。
滩惊浪打风兼雨，独立亭亭意愈闲[2]。

　　这是一首有寄托的咏物诗。在古代文人士大夫的心目中，鹭鸶是一种高洁不俗的禽鸟。蔡正孙《诗林广记》后集卷一引《庚溪诗话》说："众禽中惟鹤标致高逸，其次鹭亦闲野不俗。"又引佚名《振鹭赋》赞扬鹭鸶的高洁不俗说："翛（xiāo）然其容，立以不倚；皓乎其羽，涅而不缁。"

　　欧阳修的咏鹭鸶之作，便是将此鸟拟人化，来具体描写其高洁闲雅品格的。作者另外还有一首《鹭鸶》绝句云："风格孤高尘外物，性情闲暇水边身。尽日独行溪浅处，青苔白石见纤鳞。"这偏于抽象的赞美和静态的描写，尚未能突出所咏之物的典型特征。本篇则刻意营造了一个江滩之上风吹浪打的喧闹环境，烘托出所咏之物的"精神"，极其鲜明地勾画出鹭鸶独立不倚、气定神闲的形象，因此堪称宋代咏物诗中的上乘之作。

1　鹭鸶：一种水鸟，羽毛洁白，又叫白鹭。按此诗作于庆历八年（1048），当时作者由滁州调任扬州知州。

2　亭亭：高标独立、姿态美好的样子。

寄生槐[1]

桧惟凌云材[2]，槐实凡木贱。
奈何柔脆质，累此孤高干[3]。
龙鳞老苍苍[4]，鼠耳光粲粲[5]。
因缘初莫原[6]，感咤徒自叹[7]。
偷生由附托，得势争葱蒨[8]。
方其荣盛时，曾莫见真赝[9]。
欲知穷悴节，宜试以霜霰[10]。
萌芽起微蘖[11]，辨别乖先见[12]。
剪除初非难，长养遂成患。
虽然根性殊，常恐枝叶乱。
惟应植者深，幸不习而变[13]。
含容固有害，剿绝须明断[14]。
惟当审斤斧[15]，去恶无伤善。

　　这是一首托物寓意的政治讽刺诗，与本书所选的另一首
诗《奉答子华学士安抚江南见寄之作》写于同一年同一地，即
都是仁宗皇祐元年（1049）在颍州所作，两首诗的思想内容也
有相近之处。但那一首是直发议论之作，而本篇则是借物抒
怀之作。

　　寄生槐，是槐木的一种，因其寄生于桧、柏等树，故名。诗人是从这种树木的寄生特性生发开去，以冷峻而又不无幽默的诗笔，层层剖开其丑恶面目和卑劣品质，在惟妙惟肖的形象刻画中，对现实生活中类似的丑恶人物进行深刻而又婉转的讽刺。寄生槐所象征的，就是作者在《奉答子华学士安抚江南见寄之作》中所指斥的那些北宋官场里的"侥幸蠹弊"、"贪昏滥官"。联系到作者在此之前遭贬谪的背景，可知其具体所指的就是攀附朝中权贵而对作者造谣中伤落井下石的谏官高若讷、钱明逸、杨日严等小人。作者除了对这类小人给以辛辣的讽刺外，还要求人们擦亮眼睛，让这些丑类在萌芽状态时就被识别出来，加以剪除。凌云之桧则是作者心目中的理想人物，对于这种人，作者认为应该辛勤培植，细心爱护，使他们能根深叶茂，不受牵缠浸染。

　　本篇虽是政治讽刺诗，却不干巴巴地直陈己见，而是采用比喻象征的手法，用形象来表达思想，因此艺术性较高，也有相当强的说服力与感染力。只是需要指出一点：本篇艺术形象的塑造固然成功，思想感情也完全正义，但在对某一类人的认识和评价上却不无偏颇。那些寄生槐似的小人固然可恶，被小人攀附的宰执大臣吕夷简、夏竦、章得象等也非良善之辈；甚至那位高高在上的宋仁宗，对庆历新政的态度也与"小人"们并无二致。他们同属阻滞庆历新政的保守势力，绝非值得歌颂和保卫的凌云桧柏。当然,作者对此不会完全心中无数,也许是出于策略上的考虑,才如此下笔的吧。

1　寄生槐:一种叶似槐的寄生植物。

2　桧(kuài):乔木名,叶坚硬似柏,干似松。惟:是。凌云材:直冲云霄的高大木材。

3　奈何:为何。孤高:独立挺拔。这两句说,为什么质地柔脆的寄生槐,要死死缠住独立挺拔的桧树呢?

4　龙鳞老苍苍:形容桧树青黑色的树皮老得像龙的鳞甲一样。苍苍,青黑色。

5　鼠耳:指槐叶,因其形状很像鼠耳。粲粲:鲜明的样子。

6　因缘初莫原:桧与寄生槐的这种关系的由来,起初谁都没有去研究。莫,没有谁,否定代词。原,推求,研究。

7　感咤:感叹惊奇。

8　葱蒨(qiàn):枝叶茂盛的样子。

9　赝(yàn):假。

10　穷悴节:困苦忧愁时表现出来的节操。霰(xiàn):雪粒。

11　微蘖:树木砍去后又长出的细芽。

12　辨别乖先见:起初不加分辨,主意就打错了。乖,不恰当。

13　植者深:种植得深。幸:希望。习:习染,浸染。

14　含容：宽容。剿绝：连根拔掉。明断：准确果断。这两句是指寄生槐说的。

15　审斤斧：砍伐时应审慎。斤，也是斧。斤斧，在这里指砍伐。

梦中作

夜凉吹笛千山月，路暗迷人百种花。
棋罢不知人换世[1]，酒阑无奈客思家[2]。

　　这首诗是仁宗皇祐元年（1049）欧阳修在颍州（今安徽阜阳）任知州时所作。诗写梦，梦境恍惚朦胧，扑朔迷离，充满神秘感，似有某种寄托，但又不可确指。明杨慎《升庵诗话》卷十一指出，此诗章法受杜甫《绝句》（"两个黄鹂鸣翠柳"）一首的影响，"一句一绝"，即每句各为一个独立的意境。全篇四句一句一绝，分别写出秋夜、春宵、棋罢、酒阑四个不同的意境。这四个意境似断似续，而又浑然一体，末尾以怀乡情绪作结，似是暗寓作者既想超凡出世又十分留恋人间的思想矛盾。陈衍《宋诗精华录》卷一说："此诗当真是梦中作，如有神助。"

1　"棋罢"句：典出《述异记》卷上：晋王质持斧伐木至石室山，"见童子数人，棋而歌，质因听之，童子以一物与质，如枣核，质含之，不觉饥。俄顷，童子曰：'何不去？'质起，视斧柯尽烂。既归，无复时人。"人换世，指世间人事变迁之速。
2　酒阑：酒尽，酒喝完了。客：指梦中的作者自己。

奉答子华学士安抚江南见寄之作[1]

百姓病已久[2]，一言难遽陈[3]。

良医将治之，必究病所因。

天下久无事，人情贵因循。

优游以为高，宽纵以为仁。

今日废其小，皆谓不足论；

明日坏其大，又云力难振[4]。

旁窥各阴拱[5]，当职自逡巡[6]。

岁月侵赢颓[7]，纪纲遂纷纭[8]。

坦坦万里疆，蚩蚩九州民[9]。

昔而安且富，今也迫以贫。

疾小不加理，浸淫将遍身[10]。

汤剂乃常药，未能去深根。

针艾有奇功，暂痛勿呻吟。

痛定支体胖，乃知针艾神。

猛宽相济理，古语六经存[11]。

蠹弊革侥幸，滥官绝贪昏[12]。

牧羊而去狼，未为不仁人。

俊乂沉下位[13]，恶去善乃伸。

贤愚各得职，不治未之闻。
此说乃其要，易知行每艰。
迟疑与果决，利害反掌间。
舍此欲有为，吾知力徒烦[14]。
家至与户到，饱饥而衣寒[15]。
三王所不能[16]，岂特今所难！
我昔忝谏列[17]，日常趋紫宸[18]。
圣君尧舜心，闵闵极忧勤[19]。
子华当来时，玉音耳尝亲。
上副明主意，下宽斯人屯[20]。
江南彼一方，巨细到可询。
谕以上恩德，当冬反阳春。
吾言乃其概，岂止一方云[21]。

　　这首政治诗也是皇祐元年（1049）在颍州时作，与前选《寄生槐》作于同一年，思想内容也颇有相近之处——即都主张革除弊政，铲除庸官滥官，重振朝纲，以实现天下大治。篇中直言指斥的"侥幸蠹弊"、"贪昏滥官"，就是前篇的"寄生槐"；此处的"革侥幸"、"绝贪昏"、"牧羊去狼"、"恶去善伸"，就是前篇所说的"剪除"、"剿绝"寄生槐，务必"去恶"存"善"。只不过前一篇没有直说，而是托物寄兴，而本篇却直斥时弊,直发议论,直抒胸怀。虽是直发议论和直抒胸怀,却饱含主观感情,而且运用了许多比喻,因此同样写得形象具体,生动感人,具有打动人心的艺术力量。

　　除了以上内容外,本篇还以医生看病须对症下药、小疾可用汤剂常药、重病则须用针艾为喻,正面阐述了自己的治国主张。这首诗在宋代影响颇为久远,南宋末年的理学家黄震评论说:"《答子华安抚》诗,指陈治道之要者也。"(《黄氏日钞》卷六十一《欧阳文》)

1　奉答子华学士:一本题作"答韩绛"。韩绛,字子华,举进士甲科,庆历末年以户部判官出为江南体量安抚使,到安徽、江西一带巡察吏治民情。曾写诗给欧阳修叙述百姓的困苦,请教治理的办法,欧以这首诗作答。韩绛曾任龙图阁直学士、翰林侍读学士等,故称。

2　病:这里指遭受灾难困苦。

3　一言难遽陈:一言难尽。遽陈,说完。

4　"今日"四句:意谓庆历新政的那些改革措施,当政者或以事小不值得去做,或以事大力量不足难以振起为理由,全都给废除了。

5　旁窥:指旁观者。阴拱:暗自敛手。喻袖手旁观。语本《汉书·英布传》:"今抚万人之众,无一人渡淮者,阴拱而观其孰胜，夫托国于人者固若是乎？"注："敛手曰拱。孰，谁也。言不动摇，坐观成败也。"

6　当职：当权者。逡巡：退缩不前。

7　侵：逐渐。隳（huī）颓：毁坏、衰败。

8　纪纲：指朝政。纷纭：混乱。

9　坦坦：宽广的样子。虫虫：敦厚的样子。

10　浸淫：水浸渍蔓延。喻疾病扩大到全身。

11　"猛宽"二句：语出《左传·昭公二十年》："宽以济猛，猛以济宽，政是以和。"

12　蠹：本指蛀虫，引申指妨害社会以自肥的人。侥幸：原指求利不止，意外获得成功或免于不幸；这里指那些无真才实学而靠恩荫或阿附权贵取得官职、谋得利益的小人。滥官：主要指北宋官场那些老朽、病患、贪污、不才的官吏。欧阳修任谏官时，曾上疏请求朝廷设立按察使，派到各地去考察官吏，发现这四种滥官，就上报朝廷，予以撤换。

13　俊乂（yì）：指贤德之人。

14　力徒烦：犹如现代汉语说"白费力气"。

15　饱饥而衣寒：让饥饿的人吃饱，让寒冷的人有衣服穿。

16　三王：指上古贤明帝王夏禹、商汤、周文王。

17　忝（tiǎn）谏列：在谏官的行列里充个数。忝，谦词，辱没。

18　趋：奔赴。紫宸：皇帝的居处。

19　闵闵：忧愁的样子。

20　斯人：指人民。屯：艰难困苦。

21　岂止一方云：意谓自己的这些意见不止对江南一方有效。

庐山高赠同年刘中允归南康 [1]

庐山高哉几千仞兮，根盘几百里，巀然屹立乎长江[2]。长江西来走其下，是为扬澜左蠡兮[3]，洪涛巨浪日夕相舂撞[4]。云消风止水镜净，泊舟登岸而远望兮，上摩青苍以晻霭[5]，下压后土之鸿庞[6]。试往造乎其间兮[7]，攀缘石磴窥空谾[8]。千岩万壑响松桧，悬崖巨石飞流淙[9]。水声聒聒乱人耳[10]，六月飞雪洒石矼[11]。仙翁释子亦往往而逢兮[12]，吾尝恶其学幻而言哤[13]。但见丹霞翠壁远近映楼阁，晨钟暮鼓杳霭罗幡幢[14]。幽花野草不知其名兮，风吹露湿香涧谷，时有白鹤飞来双。幽寻远去不可极，便欲绝世遗纷庞[15]。羡君买田筑室老其下，插秧盈畴兮酿酒盈缸[16]。欲令浮岚暖翠千万状[17]，坐卧常对乎轩窗[18]。君怀磊砢有至宝[19]，世俗不辨珉与玒[20]。策名为吏二十载[21]，青衫白首困一邦[22]。宠荣声利不可以苟屈兮[23]，自非青云白石有深趣，其气兀硉何由降[24]？丈夫壮节似君少，嗟我欲说安得巨笔如长杠[25]？

诗作于皇祐三年（1051）。这首著名的赠别诗在艺术上有其独特之处：它撇开一般送别之作的陈规老套，而径直用大量篇幅极力描写被送者归隐之地——庐山的奇丽壮观、变化万千的自然景色，借以衬托出被送者不为世俗所知的“磊砢”胸怀和“兀硉”不平之气。

全篇从内容上看可分为两个部分：从开头到“时有白鹤飞来双”为第一部分，描写庐山景色；从“幽寻远去不可极”到结句为第二部分，写刘涣归隐庐山，歌颂他的高风正气。

诗写得气势磅礴，笔势开张，境界雄阔，明显地学习了李白的《庐山谣寄卢侍御虚舟》《鸣皋歌送岑征君》等作，都是以对江山的歌颂来抒发别情。这是欧阳修自以为得意的一篇力作，他曾对其子欧阳棐（fěi）说：“吾《庐山高》，今人莫能为，惟李太白能之。”（见叶梦得《石林诗话》卷中）宋人郭功父、梅尧臣等也对此诗极口称赞。平心而论，此诗确有李白式的境界和风格，但在奇思异想、奇情壮采上均不及李白，它缺少李白诗之飘逸，却多了一些抑郁不平之气；其议论化、散文化的倾向也是唐诗所没有而为宋诗所特有的。总起来看，它是学习了唐诗而又带有明显宋诗特色的一篇优秀之作。

1　同年：科举时代凡乡试、会试同年考中的考生彼此称呼为同年。刘中允：刘涣，字凝之，筠州（今江西高安）人，与欧阳修同年中进士,官终太子中允颍上令。居官正直,不合于世,五十余岁时辞官归隐于庐山,欧阳修作此诗送行。南康:今江西星子一带,位于庐山附近。中允,太子中允的省称。

2　巀(jié)然:山高峻的样子。

3　扬澜:扬波。左蠡:山名,在今江西都昌西北,以临彭蠡湖(即鄱阳湖)左(东面)而得名,隔湖与庐山相望。又借指彭蠡湖。这里用后一义。

4　舂撞:即冲撞。

5　摩:触,摸。青苍:指天。晻(yǎn)霭:云气迷茫荫蔽的样子。

6　后土:有二义,一是指土地神,二是指大地。这里用第二义。宋玉《九辩》:"皇天淫溢而秋霖兮,后土何时而得干?"鸿庞:广大无边。

7　造:造访,这里指游览。

8　石磴:山路的石阶。空谼(hóng):空旷幽深的山谷。

9　流淙:指山石上飞悬的瀑布。

10　聑聑:象声词,形容声音喧闹杂乱。

11　飞雪:喻指瀑布溅起的水雾。石矼(gāng):石桥。

12　仙翁:指道教徒,即道士。释子:佛教徒,即和尚。

13　恶:厌恶。学幻而言哤(máng):意指佛道两家的学说虚幻荒诞,言论繁杂纷乱。哤,语言杂乱。

14　楼阁：指山中的佛寺和道观。杳霭：烟雾弥漫的样子。幡幢（fān chuáng）：这里指佛寺和道观悬挂或竖立的旗帜。

15　绝世：弃绝人世，与尘世隔绝。遗：抛弃。纷庞：纷杂，困苦。

16　畴：田地。

17　浮岚暖翠：指山间云气和田野的翠色。"暖"是形容春夏之交田畴尽绿，看上去仿佛给人以温暖的感觉。千万状：形容变化多端。

18　轩窗：小屋的窗。

19　磊砢（luǒ）：玉石累积的样子，比喻人有奇才异能。语本《世说新语·言语》："其人磊砢而英多。"

20　珉（mín）：似玉之石。玒（hóng）：美玉。

21　策名：姓名被载入官籍，即"出仕"之义。为吏：做官。

22　青衫白首：到老了还只是个低级官员。青衫，低级官员的服装。白首，白头，指已经年老。困一邦：指刘涣到老还只是个小小颍上县令。

23　宠荣声利：指恩宠、荣誉、声名、利禄。苟屈：随便降低志趣身份。

24　兀硉（wù lù）：不平的样子。何由降：怎么能平息。

25　嗟（jiē）：叹息。长杠（gāng）：长杆子。

边　户[1]

家世为边户，年年常备胡[2]。
儿童习鞍马，妇女能弯弧[3]。
胡尘朝夕起[4]，虏骑蔑如无[5]。
邂逅辄相射，杀伤两常俱[6]。
自从澶渊盟[7]，南北结欢娱。
虽云免战斗，两地供赋租[8]。
将吏戒生事，庙堂为远图[9]。
身居界河上，不敢界河渔[10]。

这首诗大约是仁宗至和二年（1055）冬天欧阳修出使辽朝途中经过边界时有感而作。作者曾不止一次出使辽朝，对宋、辽双方的对立给宋朝人民造成的诸多损害有深切的了解。本篇所着力揭示的，就是一个具有迫切的现实意义的问题——妥协退让的"澶渊之盟"给宋朝北方边民带来了深重的灾难。

此诗从题材内容看是政治诗，却不像作者其他一些同类作品那样大发议论，而是使用叙事体结构谋篇，用事实来说话。作者采用"澶渊之盟"最直接的受害者——河朔边民自叙的口吻，反映了这一重大政治事件发生前后边户生活的变化情况,对边户的不幸遭遇表达了深厚的同情,揭露出边境人民被迫承受宋、辽两个敌对政权的双重赋税剥削的怪现象,从而透露出对宋王朝所一贯奉行的屈辱退让、苟且偷安政策的讽刺之意。

诗中对边民并不仅仅表达同情之意,还赞扬了他们高昂的爱国抗敌情绪,描写了他们骁勇善战、藐视敌人的英雄气概,并与朝廷畏敌如虎、一味妥协退让的态度作了鲜明的对比。全诗富于形象性,加上语言朴素而平易,叙事简练而真切,所以很有思想震撼力和艺术感染力。

1　边户:边境地区的住户。此指与辽(契丹)交界处宋境内的居民。

2　胡:古代对北方、西北少数民族的泛称。此处专指契丹。

3　弯弧:弯弓射箭。

4　胡尘:辽军骑兵搅起的沙尘。指辽军入侵。

5　虏骑蔑如无:辽军蔑视宋朝的边防军,越境入侵,如入无人之境。虏,对敌军的蔑称。

6　"邂逅"二句:指边民与敌军不期而相遇,以弓箭相对射,双方常常互有死伤。这实际上是暗指守边军士不敢与辽军对抗,而边民却敢于对射。邂逅,不期然而相遇。

7　澶渊盟:宋真宗景德元年(1004)闰九月,辽朝发兵二十万南侵,直逼澶州(今河南濮阳南,又名澶渊郡),威胁汴京。宋朝廷内和战两派经过激烈争论,主战派得势,宋真宗被迫率兵到前线迎战。宋军士气大振,辽兵连吃败仗。打了胜仗的宋真宗却于十一月间派人去辽军中求和,结果以宋每年向辽输银十万两、绢二十万匹,各守疆界互不侵犯等为条件,订立"和约"。历史上称这次屈辱的和约为"澶渊之盟"。

8　"虽云"二句:是说虽然免于两国交战,但是边民受累,从此要向宋、辽两方交纳赋税。

9　庙堂:指宋朝廷。按,这两句是讽刺话。

10　"身居"二句:意谓身居界河上的边民,至今不敢到界河里去打鱼。按,当时辽、宋的界河,西起今河北涞源县北的沉远泊,东至泥沽海口,上游叫拒马河,下游叫白沟,全长约九百里。

奉使道中作　三首[1]

执手意迟迟[2]，出门还草草[3]。
无嫌去时速，但愿归时早。
北风吹雪犯征裘，夹路花开回马头[4]。
若无二月还家乐，争奈千山远客愁！

为客莫思家，客行方远道。
还家自有时，空使容颜老。
禁城春色暖融怡，花倚春风待客归[5]。
劝君还家须饮酒，记取思归未得时。

客梦方在家，角声已催晓。
匆匆行人起，共怨角声早。
马蹄终日践冰霜，未到思回空断肠。
少贪梦里还家乐，早起前山路正长。

————
　　这一组诗，以婉转含蓄、缠绵悱恻的笔调，将作者于至和
二年冬季奉命出使外邦、离京远行时的复杂感受宣写得淋漓
尽致。

　　第一首,写亲友送别时互相依依不舍的情形。前四句写自己满怀忧愁出门远行,亲友劝慰其不要嫌去得匆忙,但愿其顺利完成使命,早日归来。后四句,写自己泛寒冒雪上路,心中默默地发愿:明年二月这条大路两旁春花开放的时候,我这个思家远客应该从千山之外回来了!

　　第二首,写上路之后的自我安慰和对随行人员的安慰。前四句说:此行前路正远,作为远行客不要轻易就想家;如果不到归期就想家,那是无用的,空使容颜衰老而已。后四句则设想将来如期返家时的美好情景以自慰和慰人:明年春天,京城里暖意融融,百花迎风开放,等待我们归来,那时我们回到家里先要痛饮一场,然后再慢慢回忆在路上思归未得的情景。

　　第三首,具体描写在路途中住宿的第一个晚上就苦苦思家的情景。前四句叙述道:长夜过去、角声催晓的时候,我们的梦魂还在汴京的家里没有回来。大家匆匆起床,同声埋怨起床的号角吹得太早!后四句则展开描述上路继续前行时的艰苦之状,和在这种情况下思家情绪之缠绵浓厚。

　　三首之中,以第三首最为形象逼真,韵味深远。所以钱锺书先生《宋诗选注》所选的就是这一首。

1　至和二年(1055)冬,辽朝新君道宗耶律洪基即位,宋仁宗派欧阳修为"贺登位国信使",出使辽都上京去致祝贺之意。这组诗即为奉使途中所作。

2　迟迟:缓步徐行。这里有留恋不舍之义。

3　草草:忧愁的样子。《诗经·小雅·巷伯》:"骄人好好,劳人草草。"

4　"夹路"句:以这条道路两旁春花开放为归期。按,欧阳修于这一年冬天出使,第二年二月回国。

5　"禁城"二句:是设想明年春天,汴京城处处春色,迎接作者归来。禁城,宫城,这里代指北宋京城汴京。

盘车图 [1]

浅山嶙嶙，乱石矗矗，山石硗聱车碌碌 [2]。山势盘斜随涧谷，侧辙倾辕如欲覆。出乎两崖之隘口，忽见百里之平陆。坡长坂峻牛力疲，天寒日暮人心速 [3]。杨褒忍饥官太学 [4]，得钱买此才盈幅。爱其树老石硬，山回路转，高下曲直，横斜隐见，妍媸向背各有态，远近分毫皆可辨 [5]。自言昔有数家笔，画古传多名姓失。后来见者知谓谁，乞诗梅老聊称述 [6]。古画画意不画形，梅诗咏物无隐情 [7]。忘形得意知者寡，不若见诗如见画。乃知杨生真好奇，此画此诗兼有之。乐能自足乃为富 [8]，岂必金玉名高赀 [9]。朝看画，暮读诗，杨生得此可不饥。

　　这首题画诗是嘉祐元年（1056）在汴京所作。宋代绘画艺术发达，诗人们因之喜作题画诗，此诗便是其中传诵很广的一篇名作。

　　诗中既有对画面所呈现的景物的传神描写，也有对画面不能直接表现的物态、人情的揣测和补充；既有对名画收藏

者杨褒清高人品的称赞,也有对诗画艺术的高明议论。其中
"古画画意不画形,梅诗咏物无隐情。忘形得意知者寡,不若
见诗如见画"等句,是欧阳修论诗艺、画艺的著名观点,曾在
宋代产生过很大的影响,并引起过当时诗话家们的热烈讨论。
有关资料这里不一一具引,读者如有兴趣,可参看《梦溪笔
谈》《王直方诗话》及《韵语阳秋》等。

　　除了善于议论外,本篇还运用自如地使用了散文句式,因
此这首诗又是宋诗中"以文为诗"的一篇较为成功之作。朱
自清先生《宋五家诗钞》评论说:"此杂言也。须留意诗中散
文句。"它以七字句为主,适当穿插了四字、六字句,形成了全
篇音律节奏的错落变化;而不管是四字、六字或七字句,也多
用虚字,使之散文化,这就产生了平易畅达之中见曲折顿挫的
独特艺术效果。

　　1　盘车图:盘车,是古代绘画中常见的题材,唐开元时画家董
尊便以画盘车著名,五代南唐画家卫贤也善画这一题材,《宣
和画谱》卷八记载宋代有他的《雪岗盘车图》《闸口盘车图》
和两幅《盘车图》传世。今故宫博物院尚藏有宋人《盘车图》,
绘牛车在山道上艰难行进之状。欧阳修此诗又题作《和圣俞
盘车图》,题下注"呈杨直讲"。杨直讲:杨褒,字之美,成都华
阳人,时与梅尧臣同为国子监直讲。杨喜收藏古画,曾在市上

购得《盘车图》一幅，请梅尧臣为之题诗。欧阳修此诗就是和梅诗之作。

2　嶙嶙：山峰重叠高峻的样子。矗矗：高耸的样子。硗聱（qiāo áo）：山多石的样子。

3　坂：斜坡。按，这两句中的"牛力疲"、"人心速"等，乃是诗人对画中事物的揣测体会。

4　"杨褒"句：杨褒当时任国子监直讲，其职责是在隶属于国子监的太学讲授诸经、训导学者。这是一个俸禄微薄的职位，所以说他"忍饥官太学"。梅尧臣《和杨直讲夹竹花图》诗也说："太学杨君固甚贫。"

5　"爱其"六句：大意是说，杨褒之所以忍饥买画，乃是爱这幅画的精美。妍，美好。媸，丑陋。

6　"自言"四句：是说《盘车图》自来就有数家的手笔，因流传久远而失其姓名，杨褒也不能确定谁是此画的作者，只好向梅尧臣请教，于是梅尧臣写诗称述这幅画。按，梅尧臣《观杨之美盘车图》诗说："古丝昏晦三尺绢，画此当是展子虔。坐中识别有公子，意思往往疑魏贤。"展子虔，北朝著名画家，历仕北齐、北周，入隋为朝散大夫，善画人物、车马。魏贤，即卫贤，五代南唐画家。参见注1。

7　梅诗：指梅尧臣的《观杨之美盘车图》诗。

8　乐能自足：能以自我精神满足为乐。

9　"岂必"句：不一定要拥有金玉之类的财宝才叫富有。赀，同"资"，钱财。高赀，丰厚的钱财。

礼部贡院阅进士就试[1]

紫案焚香暖吹轻，广庭清晓席群英。
无哗战士衔枚勇[2]，下笔春蚕食叶声[3]。
乡里献贤先德行[4]，朝廷列爵待公卿[5]。
自惭衰病心神耗[6]，赖有群公鉴识精[7]。

嘉祐二年 (1057) 欧阳修主持礼部贡院考试，在考试之前和考校之暇，他与同事范镇、王珪、梅挚、韩绛、梅尧臣等人相互用诗歌唱酬。

这首诗就是唱和诗中很有名的一篇，它写举子就试的情景和作者身为主考官的心情感受，题材新颖，描绘生动。尤其三四两句，描写举子答卷作文的情景，最为精彩动人，具有很高的典型性，是广为传诵的名句。

宋人叶梦得《石林诗话》卷下简介这次贡院唱和的情况，并评论其中的优秀之作云："至和、嘉祐间，场屋举子为文尚奇涩，读或不能成句。欧阳文忠公力欲革其弊，既知贡举，凡文涉雕刻者，皆黜之。时范景仁、王禹玉、梅公仪、韩子华同事，而梅圣俞为参详官，未引试前，唱酬诗极多。文忠'无哗战士衔枚勇，下笔春蚕食叶声'最为警策；圣俞有'万蚁战时春昼永，五星明处夜堂深'，亦为诸公所称。"宋人王直方《王直方诗话》也称赞"无哗"一联"绝为奇妙"。近人陈衍《宋诗精华录》则指明：这一联好就好在形容出了"举子在闱中作文情状"。

1　嘉祐二年（1057）二月，欧阳修被任命为"御试进士详定官"，主持礼部贡院考试，仁宗皇帝赐御书"善经"二字。此诗即为主持考试期间所作。

2　无哗战士：指应试的进士。旧时科举考试称"文战"，故云。衔枚：默不作声。古时行军，战士口中含一支筷子形状的"枚"，以防喧哗。

3　春蚕食叶声：形容用笔写字在纸上发出的声音。

4　先德行：首先考虑的是道德和品行。《周易·节卦》疏："德行谓人才堪任之优劣。"

5　"朝廷"句：意谓朝廷正等待挑选这些进士去担任官职。

6　自惭衰病：欧阳修当时五十一岁，已进入老年。这是他的谦辞。

7　群公：指和作者一起负责礼部贡院考试的其他官员。按，当年礼部贡院考试，欧阳修为详定官，范镇、王珪、梅挚、韩绛为同知，梅尧臣为参详官，所谓"群公"，指的就是这些人。

唐崇徽公主手痕和韩内翰[1]

故乡飞鸟尚啁啾[2]，何况悲筎出塞愁[4]。
青冢埋魂知不返[4]，翠崖遗迹为谁留[5]？
玉颜自古为身累，肉食何人与国谋[6]？
行路至今空叹息，岩花涧草自春秋。

———

　　这是一首借古讽今的咏史诗。欧阳修对唐崇徽公主不仅怜其远嫁异域，哀其不幸，而且从政治的高度点明这一历史悲剧的根源——统治集团怯懦腐败，没有兴邦安边的良策，只会以"和亲"求得一时的苟安。

　　作者写这首诗，并不纯然是发思古之幽情，而是以唐朝影射宋朝，讽刺与批评赵宋统治集团对北方强敌的侵扰一味苟且偷安、屈辱求和。特别是"玉颜自古为身累，肉食何人与国谋"一联，乃是一篇之警策，千古之高论。这两句议论虽是从李山甫原诗的"谁陈帝子和番策，我是男儿为国羞"一联引申发挥出来，但立意更高，辞锋更为犀利，讽刺更为尖锐。宋人对这两句诗极为推崇。如南宋初的叶梦得说："此自是两段大议论，而抑扬曲折，发见于七字之中，婉丽雄胜，字字不失相对，虽昆体之工者，亦未易比。言意所会，要当如是，乃为至到。"（《石林诗话》卷上）朱熹更是赞扬道："以诗言之，是第一等好诗；以议论言之，是第一等议论。"(《朱子语类》卷一百三十九)清人赵翼也点评此二句道："此何等议论，乃熔铸于十四字中，自然英光四射。"(《瓯北诗话》卷十一)

需要补充说明的是，这首诗不光这两句写得好，而是通体皆佳，浑成完美，达到了很高的艺术境界。比如从章法上看，全诗两度由古及今作大幅度跳跃，使得诗情波澜起伏，曲折跌宕；末联更以无情之岩花野草衬托路人的深情叹息，余韵悠长，耐人回味。

1　崇徽公主：唐仆固怀恩之女。代宗时，与回纥和亲，大历四年五月，封为崇徽公主，出嫁回纥可汗。手痕：指崇徽公主手痕碑，在今山西灵石。相传公主嫁回纥时，道经灵石，以手掌托石壁，遂留下手迹，后世称为手痕碑，碑上刻有唐人李山甫《阴地关崇徽公主手迹》诗。欧阳修《集古录跋尾》卷八《唐崇徽公主手痕诗》云："右崇徽手痕诗，李山甫撰。崇徽公主者，仆固怀恩女也……大历四年，始以怀恩幼女为公主，又嫁回纥，即此也。"韩内翰：指韩绛，字子华，此时任翰林学士。宋人习惯称翰林学士为内翰，故云韩内翰。嘉祐三年至四年，梅尧臣、韩绛、欧阳修、刘敞等人先后对李山甫的《阴地关崇徽公主手迹》诗依韵唱和，诸人的和诗均流传下来，惟韩绛诗今已不存。

2　啁啾(zhōu jiū)：鸟鸣声。

3　悲笳：笳是古代一种管乐器，即胡笳，从塞北和西域一带传入中原，常用作军中号角，因其声悲咽，故称悲笳。

4　青冢：指汉王昭君墓；相传昭君墓上草色长青，故称青冢。这里以"青冢"代指崇徽公主。

5　翠崖遗迹：指崇徽公主手痕碑。李山甫《阴地关崇徽公主手迹》诗："一拓纤痕更不收，翠微苍藓几经秋。"此用其语。

6　肉食：指那些享厚禄的达官贵人。语本《左传·庄公十年》："齐师伐我，公将战，曹刿请见，其乡人曰：'肉食者谋之，又何间焉？'刿曰：'肉食者鄙，未能远谋。'"

明妃曲和王介甫作[1]

胡人以鞍马为家，射猎为俗。
泉甘草美无常处，鸟惊兽骇争驰逐[2]。
谁将汉女嫁胡儿？风沙无情貌如玉。
身行不遇中国人[3]，马上自作思归曲[4]。
推手为琵却手琶[5]，胡人共听亦咨嗟[6]。
玉颜流落死天涯，琵琶却传来汉家。
汉宫争按新声谱，遗恨已深声更苦。
纤纤女手生洞房[7]，学得琵琶不下堂。
不识黄云出塞路，岂知此声能断肠？

本篇与下一篇《再和明妃曲》，都是欧阳修的名作。据宋叶梦得《石林诗话》卷中记载，欧阳修曾对其子欧阳棐说："吾《庐山高》，今人莫能为，惟李太白能之。《明妃曲》后篇，太白不能为，惟杜子美能之。至于前篇，则子美亦不能为，惟我能之也。"可见本篇是他平生最得意的作品。本篇小中见大，从国家大事着眼来写昭君出塞的历史悲剧，见识高超。其中描绘昭君出塞之苦，思归之切，尤为生动传神，又能巧借琵琶新声以发议论，也颇有诗意。后人对此诗的构思及章法布置十分赞赏，如清人方东树评论说，此诗"思深，无一处是恒人胸臆中所有"。"以后一层作起。'谁将'句逆入明妃。""'玉颜'二句逆入琵琶。收四句又用他人逆衬。一层一层不犹人,所以为思深笔折也。"(《昭昧詹言》卷十二)

1　明妃:即王嫱,字昭君(晋人避文帝司马昭讳,改为明君,或称明妃),西汉南郡秭归(今属湖北)人,汉元帝的宫女。竟宁元年(前33),汉室与匈奴和亲,元帝以昭君远嫁呼韩邪单于,号宁胡阏氏。王介甫:即王安石(字介甫)。王安石于嘉祐四年(1059)提点江西刑狱时,作《明妃曲》二首,梅尧臣、司马光、刘敞等人纷纷和作。欧阳修也和了两首,即本篇和《再和明妃曲》。

2　"胡人"四句:写匈奴人所过的狩猎游牧生活,点出胡、汉习俗之异。《汉书·晁错传》:"胡人食肉饮酪,衣皮毛,非有城郭田宅之归居,如飞鸟走兽于广野,美草甘水则止,草尽水竭则移。"所记为这四句所本。胡人,指匈奴。

3　中国人:指中原地区的汉族人。上古华夏族建国于黄河流域,认为地居天下之中,故称"中国",而称周边少数民族为"四夷"。

4　"马上"句:是说当年明妃(昭君)出塞时曾在马上作琵琶曲以寄托哀怨。按,汉以后流传的王昭君琵琶怨曲,都是伪托,并非昭君所作。

5　"推手"句：推手、却手，是弹琵琶时手指前后拨弦的动作。推手往前拨弦叫琵，引手往后拨弦叫琶。此句泛指弹奏。

6　咨嗟：叹息。

7　纤纤：妇女手指细弱柔美的样子。洞房：宫禁中幽深的内室。

再和明妃曲[1]

汉宫有佳人，天子初未识。
一朝随汉使，远嫁单于国[2]。
绝色天下无，一失难再得。
虽能杀画工，于事竟何益[3]？
耳目所及尚如此，万里安能制夷狄[4]！
汉计诚已拙[5]，女色难自夸。
明妃去时泪，洒向枝上花。
狂风日暮起，飘泊落谁家？
红颜胜人多薄命，莫怨春风当自嗟[6]！

———

本篇是前选《明妃曲和王介甫作》的姊妹篇，是欧阳修自许为"太白不能为，惟杜子美能之"的得意之作。它通过抨击汉元帝愚拙的和亲政策，借汉讽宋，对宋朝君臣苟安妥协、不事振作、一味向辽和西夏乞求和平作了尖锐的揭露与批判。与前一篇比较起来，本篇议论较多，形象性稍逊，但"耳目所及尚如此，万里安能制夷狄"二句议论警策，诚如宋人所评："欧阳公《明妃后曲》，其间言近而宫廷闻见且有所不及，况远而万里之夷狄乎？此语切中膏肓。"（蔡正孙《诗林广记》卷二卷一引钱晋斋语）

1　这首诗也是嘉祐四年(1059)在汴京所作,是和王安石《明妃曲》两篇中的第二篇。

2　"汉宫"四句:本事出于《后汉书·南匈奴传》:竟宁元年(前33),匈奴呼韩邪单于来朝,汉元帝命赐他五个宫女。王昭君入宫已数年,不得进见,遂自动请行。临行之日,"昭君丰容靓饰,光明汉宫,顾景徘徊,竦动左右。帝见大惊,意欲留之,而难于失信,遂与匈奴"。单(chán)于,匈奴国君的称号。

3　杀画工:相传汉元帝因后宫美人多,不能常见,就令画工为她们画像,按图召见。于是宫女们都贿赂画工。惟独王昭君自恃容貌美丽而不行贿,画工便将她画丑,遂不得召见。后欲嫁匈奴时,元帝才发现她容貌为后宫第一,且善应对,举止娴雅。但因怕失信于匈奴,不好改换他人,因而怒杀画工。事见《西京杂记》卷上。

4　"耳目"二句:意思说自己身边的事情尚且要受蒙蔽,哪里还谈得上战胜万里之外的敌人呢?按,这二句是借汉事言宋事,讽刺宋廷一味求和的对外政策。

5　汉计诚已拙:汉代的和亲政策的确很不高明。这句也是针对宋朝的对外政策而言。

6　红颜:指妇女的美貌。春风:喻指命运遭遇。

忆滁州幽谷 [1]

滁南幽谷抱千峰，高下山花远近红。

当日辛勤皆手植，而今开落任春风。

主人不觉悲华发，野老犹能说醉翁 [2]。

谁与援琴亲写取 [3]，夜泉声在翠微中 [4]。

———

这首诗是嘉祐、治平年间在汴京作，为作者"忆滁诗"之一。这时的欧阳修，年已五十余岁，官位渐隆，正是其一生仕途较为得意之时，但朝中一系列的纷争和政敌的诬陷打击也使他渐渐心灰意冷，萌发了辞官退隐、回归自然的念头。在这种心态下，他不时回忆起贬谪滁州期间的那一段生活，陆续写了一些忆滁之作。本书选此首作为代表。

欧阳修在滁州所过的贬谪生活既是痛苦郁闷、幽凄彷徨的，同时又是风流潇洒、自得其乐的。之所以能过得风流潇洒、其乐融融，一个重要的原因是琅琊山的幽谷清泉使他找到了心灵慰藉的场所，使他在回归自然、物我两忘中获得了精神解脱。本篇即是回忆当初由他自己发现、最让他终生难忘的滁州幽谷的。

诗的前两联，深情款款地回忆起琅琊山中千峰环抱的幽谷，回忆起山中自己辛勤手植的花木，心情无限怅惘。第三联,回到眼前,自伤年岁老大,想象当初与自己同其乐的田夫野老还在,还记得"醉翁"。尾联以寄语滁人的方式表达无限思念之情:你们当中有谁能替我援琴去幽谷一游,把幽谷泉深夜在青山中淙淙流动的美妙声音记录下来?

全诗抒情气氛较为浓厚,意境深窈幽丽,语言朴素自然,虽非欧诗名篇,但也体现了作者七律的典型风格。

1　滁州幽谷:见前选《幽谷晚饮》注1。

2　醉翁:作者自称。欧阳修在滁州时开始自称醉翁。

3　与:"与我"的省略,"替我"之意。援琴:即抚琴,弹琴。写:这里指作曲。

4　翠微:轻淡青葱的山色,这里指青山。

秋　怀 [1]

> 节物岂不好，秋怀何黯然。
> 西风酒旗市[2]，细雨菊花天。
> 感事悲双鬓[3]，包羞食万钱[4]。
> 鹿车终自驾[5]，归去颍东田。

———

　　这首作于治平二年(1065)的五言律诗，真实地反映了欧阳修晚年的政治处境和心情。细察作者履历可知，这一年他两次上书要求辞去参知政事(副宰相)，但都未获允准。此前他先在立英宗的问题上和富弼有矛盾，接着在议定英宗生父濮王的称号上，又与司马光意见冲突，发生所谓"濮议"之争。因此思想很消沉，归隐的念头十分强烈。在这种背景下，此诗感叹国事，自伤衰老，羞于食厚禄而愤然思归隐，这正是他当时消极颓唐心态的形象化的呈现。

　　全篇字句凝炼，诗意浓缩，章法严谨，艺术表现手法十分高超。作者还成功地以乐景写愁情，这主要表现在"西风酒旗市，细雨菊花天"一联，它道尽秋日之佳趣，并借此反衬出作者黯然神伤的意态。

　　这首诗广为后来的诗话家所称道，"西风""细雨"一联，更被公认为描写秋景难得的佳句。宋人胡仔《苕溪渔隐丛话》前集卷三十引《雪浪斋日记》道："或疑六一诗,以为未尽妙,以质于子和。子和曰:'六一诗只欲平易耳。如:西风酒旗市,细雨菊花天,岂不佳? 晚烟寒橘柚,秋色老梧桐,岂不似少陵?'"宋末方回称赞此联"全不吃力"(《瀛奎律髓》卷十二《秋日》)。近人高步瀛《唐宋诗举要》也评点此联曰:"名隽。"他们都未能说明这一联诗究竟好在哪里。我们认为它好就好在不用一个虚字,不着半点雕饰,而纯用白描,不仅写出了典型的季节风物,而且寄寓了诗人的思想感情。

1　本篇为英宗治平二年(1065)在汴京作,是作者在这个时期所作的一系列"思颍诗"中的一篇。

2　酒旗:旧时酒店门前悬挂的布招牌。

3　悲双鬓:悲叹头发已经花白。

4　包羞食万钱:对自己空居高位享受丰厚的俸禄感到羞愧。包羞,用《周易》"位不当也"之义,参见前选《初至夷陵答苏子美见寄》注13。

5　鹿车自驾:典出《后汉书》卷八十四《鲍宣妻传》:"妻乃悉归侍御服饰,更着短布裳,与宣共挽鹿车归乡里。"这里指欧阳修想要辞官归隐。鹿车,一种用人力推挽的小车。

寄答王仲仪太尉素[1]

丰乐山前一醉翁，余龄有几百忧攻。
平生自恃心无愧，直道诚知世不容。
换骨莫求丹九转[2]，荣名岂在禄千钟[3]。
明年今日如寻我，颍水东西问老农。

———— 这首七律是治平四年（1067）三月在汴京作，亦为"思颍
诗"之一。

为了理解诗的内容，对其写作背景须作简略的介绍：欧
阳修自至和元年（1054）重被朝廷召用后，虽然因多年宦海风
波的打击而思想渐趋消沉，但立朝仍一如既往地以刚直为本，
对人对事还是直言不讳，因而除了宿敌之外，又新得罪了不少
人，"以是怨谤益众"（《欧阳文忠公全集》卷首《四朝国史本
传》）。为防别人的报复打击，他曾于治平二年、三年两次要求
辞去参知政事，均未获准。治平四年二月，怨谤者终于对他搞
了个突然袭击，由御史蒋之奇、彭思永等出面弹劾他"帷薄不
修"，诬告他与长媳通奸。这在当时是乱伦大罪，要身败名裂
的。欧阳修一个月之内九次上奏，要求辩诬。幸赖新即位的
宋神宗亲自过问此案，将诬陷者贬官，并在朝堂出榜为欧阳修
雪谤，这场风波才平息下来。虽然如此，此事对欧阳修刺激实

在太大,使他痛下决心,请求辞去参知政事,外任州守,然后辞官退休。在他的坚持请求下,三月间神宗准许他辞去参知政事,出任亳州知州。这首诗就是他已经罢政尚未成行的时候,为答谢友人王素的慰问而写的。

诗用直抒胸臆的方式写成,但也在抒情中带有明显的自述经历的成分。"百忧攻"、"心无愧"等,显然是指被蒋之奇等诽谤之事;"直道诚知世不容"云云,不但说明他很清楚自己被小人怨谤的原因,而且概括了他入仕以来因行直道而屡遭挫折的经历。末联"明年今日"云云,则是明明白白地把自己将来的打算和归宿告诉友人。全诗情感真挚而沉痛,叙事概括而清晰,可当一篇简洁的欧阳修自叙传来品读。

1　王仲仪太尉素:王素,字仲仪,庆历三年(1043)曾与欧阳修同为谏官。太尉,官名,北宋时已不设此官,一般用为对高级武职官员的尊称;此时王素任澶州观察使、知武成军,故称之为太尉。

2　"换骨"句:道教传说,服用"九转仙丹"后可换凡骨为仙骨。这句是说自己不慕神仙,不祈求长生不死。

3　"荣名"句:这句是说自己不留恋富贵。钟是古代计量单位,十斗为一斛,十斛为一钟;"千钟禄"是很高的俸禄。

再至汝阴三绝 ¹

黄栗留鸣桑椹美²，紫樱桃熟麦风凉³。
朱轮昔愧无遗爱⁴，白首重来似故乡。

十载荣华贪国宠⁵，一生忧患损天真。
颍人莫怪归来晚，新向君前乞得身⁶。

水味甘于大明井，鱼肥恰似新开湖⁷。
十四五年劳梦寐⁸，此时才得少踟蹰⁹。

自注：余时将赴亳社¹⁰，恩许枉道过颍也。

　　这三首七言绝句，是治平四年(1067)欧阳修赴亳州途中，在颍州停留时作。在此之前，欧阳修已经选定他曾经任职的颍州作为自己退隐终老之地。这一年三月，他获准辞去参知政事，以观文殿学士、刑部尚书出知亳州，在向神宗辞行的时候，请求准许他赴任途中先到颍州停留一段时间(以便扩建房屋，预备辞官后去定居)。得神宗同意后，他就于初夏到达颍州，在那里居留了大约两个月的时间。诗即作于刚刚抵达颍州之时。

　　这三首诗所表达的意思可用八个字来概括：思颍情深，回颍心喜。第一首，以初夏景色发端，自述重新踏上颍州土地时的亲切之感。第二首，向颍人倾诉说：归隐田园是自己久有之愿，无奈十年荣宠、一生忧患，耽误了自己，如今总算如愿以偿了。第三首，将颍州与自己曾经宦游的扬州相比，认为颍州有优于扬州之处——水甘鱼肥，利于优游养老，再次为自己终于回到十多年来一直魂牵梦萦的这个"似故乡"之地而感到无比欣慰。

　　这组诗也是欧诗的名篇，特别是其中的写景佳句，久已为前人拈出。南宋初年的胡仔就引第一首的"黄栗留鸣桑椹美，紫樱桃熟麦风凉"一联，认为是写初夏景色的佳句（《苕溪渔隐丛话》后集卷二十三《六一居士》）。其实这组诗之所以显得美，主要还不在个别写景佳句上，而在于它们抒情达意十分真挚婉转。

1　汝阴：即颍州（安徽阜阳）。

2　黄栗留：即黄鸟、黄莺。

3　麦风：麦熟时节所吹的风。唐人李乂《兴庆池侍宴应制》诗："纵棹洄沿萍溜合，开轩眺赏麦风和。"

4　朱轮：汉代制度，地方守令所乘之车，以朱漆涂车轮。《史记·张耳陈余列传》："令范阳令乘朱轮华毂，使驱驰燕赵郊。"

此处用"朱轮"代表自己原先的颍州知州身份。遗爱：遗留及于后世之爱。语本《汉书》卷一百下《叙传》："淑人君子，时同功异，没世遗爱，民有余思。"这里指留下的政绩。

5　十载：作者自仁宗至和元年（1054）离开颍州，至英宗治平四年（1067）再来，已隔十四个年头，这里说"十年"，是举其成数。国宠：指皇帝和朝廷给予的恩宠荣耀。

6　乞身：封建时代以做官为委身事君，因称请求退职为乞身。《史记·张仪列传》："故仪愿乞其不肖之身之梁。"又汉《巴郡太守樊敏碑》："秋老乞身，以助义都尉养疾闾里。"欧阳修这一句是说自己的辞官申请刚刚得到皇帝的恩准。

7　大明井、新开湖：均在扬州。

8　十四五年：见上注5。

9　踟蹰（chí chú）：来回走动。这里指流连观赏。

10　亳社：即亳州，殷商立社于亳，故名。

升天桧[1]

青牛西出关，老聃始著五千言。
白鹿去升天，尔来忽已三千年[2]。
当时遗迹至今在，隐起苍桧犹依然。
惟能乘变化[3]，所以为神仙。
驱鸾驾鹤须臾间[4]，飘忽不见如云烟。
奈何此鹿起平地，更假草木相攀援[5]？
乃知神仙事茫昧[6]，真伪莫究徒自传。
雪霜不改终古色[7]，风雨有声当夏寒。
境清物老自可爱，何必诡怪穷根源！

这首诗是熙宁元年(1068)夏天在亳州(今属安徽)所作。欧阳修一生致力于儒学复兴,力排佛、道两家,在不少诗文中表示了对佛、道之说的怀疑和批判。本篇就对道教徒关于老子"飞升"的传说表示了深深的怀疑。

早在南宋时,就有人揭示了这首诗的主题思想和批判矛头之所向。如理学家黄震就说:"《升天桧》一首,其说谓老子自此乘白鹿升天,如上虞刘樊升仙木之类也。欧谓曰:'惟能乘变化,所以为神仙。驱鸾驾鹤须臾间,飘忽不见如云烟。奈何此鹿起平地,更假草木相攀缘? 乃知神仙事茫昧,真伪莫究徒自传.'"(《黄氏日钞》卷六十一《欧阳文》)黄震的意思是说:亳州老子升天桧的传说,和他的家乡浙江慈溪附近的上虞刘樊升仙木一样荒诞不经;欧诗中对此事表示怀疑的句子,就是从"惟能乘变化"至"真伪莫究徒自传"这八句。这八句中尤其是"奈何"二句,可以说是击中了要害:既然白鹿能平地起飞,又何必借桧树作为支撑点呢? 由此可见这首诗并不是枯燥无味的说理议论诗,而是一首形象化的咏物抒情诗,它对神仙之说的怀疑,是在形象描写中自然而然地引发出来的。

还需强调指出的是,这首诗思想表达的可贵之处,不仅在于对神仙之说的怀疑,还在于对神话古迹采取了一种极为通达的态度——这就是诗的结尾二句:"境清物老自可爱,何必诡怪穷根源!"

1　升天桧:道家传说,老子骑白鹿从亳州一棵桧树之巅白日飞升,后人称这棵树为升天桧,并就地建庙。

2　"青牛"四句:道家传说,老子(姓李名聃)曾乘青牛西出函谷关,著《道德经》五千言;后来他乘白鹿升天成仙,从那时到宋代已经三千年。尔来,从那时起,打那以来。

3　乘变化:指能顺应自然。

4　须臾:片刻,一会儿。形容时间过得快。

5　"奈何"二句：意谓既然此鹿能够平地起飞,又何必攀缘桧树、借桧树之力才上天呢?

6　茫昧：幽暗不明。

7　终古：这里作"往昔"、"自古以来"解。

词选

采桑子

　　轻舟短棹西湖好[1]，绿水逶迤[2]。芳草长堤。隐隐笙歌处处随。　　无风水面琉璃滑[3]，不觉船移。微动涟漪[4]。惊起沙禽掠岸飞。

　　本篇是欧阳修歌咏颍州西湖的组词——《采桑子》十首的第一首。关于写作这十首《采桑子》的心态和目的，作者在冠于组词之首的《西湖念语》中这样说道："虽美景良辰，固多于高会；而清风明月，幸属于闲人。并游或结于良朋，乘兴有时而独往。鸣蛙暂听，安问属官而属私；曲水临流，自可一觞而一咏。至欢然而会意，亦旁若于无人。"由此可见，这些小词都是他以旷达的胸怀和潇洒的态度去啸傲湖山、流连光景的即兴之作，每一首都是他对颍州西湖的自然风光"欢然会意"时的产物。

　　这十首词好就好在，它们虽然都是写同一个西湖，但每一篇都有各自的艺术境界和审美特色。诚如近人夏敬观所说："此颍州西湖词。公昔知颍，此晚居颍州所作也。十词无一重复之意。"（龙榆生《唐宋名家词选》引夏敬观评六一词）

　　本篇描写西湖的恬静明丽和作者湖面泛舟的舒适之感，并通过这种描写表现作者这个"闲人"的闲雅风度。全篇向读者展示出这样的"有我之境"：在碧波长堤、水平如镜的湖面上，先是笙歌隐隐，接着桨声阵阵，惊起沙禽，平静的气氛一下子被打破，醉翁欧阳修轻舟短棹，由远而近地缓缓出现了……作者似乎只是客观地写景，而没有作什么自我描写，但主人公那一副风流自赏、自得其乐的悠闲之态，却活灵活现地凸现在画面上。由此可见作者善于通过特定境界的展现来进行自我表露的艺术功力。所以许昂霄《词综偶评》称赞本篇说："闲雅处，自不可及。"俞陛云《唐五代两宋词选释》则点评其造境之妙道："下阕四句，极肖湖上行舟波平如镜之状。'不觉船移'四字，下语尤妙。"

1　棹（zhào）：一种划船工具，形状如桨。西湖：指颍州（今安徽阜阳）西湖。本书所选的十首《采桑子》，是欧阳修专为咏唱颍州西湖旖旎风光和自己流连欣赏之感受而创作的一组词，其中每一首写到的西湖都是指颍州西湖，下文不再一一作注。

2　逶迤（wēi yí）：弯曲而长的样子。

3　琉璃滑：形容流水清澈透明像玻璃一样光滑。白居易《泛太湖书事》诗："碧琉璃水净无风。"

4　涟漪：水波纹。左思《吴都赋》："濯明月于涟漪。"向注："涟漪，细波纹。"

采桑子

春深雨过西湖好，百卉争妍。蝶乱蜂喧。晴日催花暖欲然[1]。　　兰桡画舸悠悠去[2]，疑是神仙。返照波间。水阔风高飏管弦。

这首词有如一幅风景画，它所展示的是春深时节一场豪雨过后颍州西湖的热闹景观。这种展示是两个景物层面的有机合成：一是湖岸四周无比繁盛的花草，二是湖面上管弦高奏的游船。

首句"春深雨过西湖好"是一篇之关纽，它告诉我们，湖岸四周与湖面上的热闹景象都是春雨给带来的：是春雨催开了百花，从而招来了无数的蜂蝶；是春雨使湖水猛涨，更便于泛舟行乐，从而招来了众多的游客。

上片先写湖上花事之盛，精心选用暖色调的和带热闹意味的语词如"暖"、"然（燃)"、"乱"、"喧"、"争妍"、"晴日"等等，渲染出一派"晴日暖花春意闹"的景象。这个景象是作为湖面上泛舟游乐的美好背景而出现的，水中的游船才是景物描写的中心。

下片就专写游船，诗人大笔挥洒，由近及远、由白天到晚上地写将过去，让我们看到了这样一连串整整持续了一天的热闹景象——雨后天晴,水深浪阔,游船轻驶,悠悠远去,使游客(包括诗人自己)感到飘飘然如羽化登仙。这一场游乐一直持续到黄昏,夕阳返照于波间,这时水阔风高,更宜于畅其所乐了,于是船上奏起了乐曲……

1　暖欲然:化用杜甫《绝句》:"山青花欲然。"然,同"燃",燃烧。

2　兰桡(ráo):木兰树材做的船桨;此用作船桨的美称。梁简文帝《采莲曲》:"桂楫兰桡浮碧水,江花玉面两相似。"画舸:油漆的有图案花纹的大船。

采桑子

画船载酒西湖好，急管繁弦[1]。玉盏催传[2]。稳泛平波任醉眠。　　行云却在行舟下[3]，空水澄鲜[4]。俯仰留连。疑是湖中别有天。

———

本篇承上篇之余绪，专写画船游湖之乐。

上片先泛写游船上一般都有的活动内容：饮酒，听音乐。听音乐是听惯常的"急管繁弦"，饮酒是不断地传杯换盏，醉倒方休，这些描写都不足为奇。显出本篇特色的是下片——作者醉后稳卧平波，仿佛身处水晶宫里，放眼远望，倾耳细听，潜心体味着此中的澄澈和宁静，于是在他的笔下绘出了一个高迥透明、水天一色的清净世界。这个清净世界，既是眼前的实景，也是他晚年归于平淡超旷的心灵世界的外化。近人俞陛云评论此词下片造境之美说："湖水澄澈时如在镜中，云影天光，上下一色，'行云'数语能道出之。"（《唐五代两宋词选释》）

———

1　急管繁弦：指乐器管弦声急促而繁复。

2　玉盏催传：指宴席上酒杯催着传递。

3　"行云"句：是说天上流动的云彩倒映在水里，好像是在船底下行走一样。

4   空水澄鲜：化用谢灵运《登江中孤屿》诗："空水共澄鲜。"
空水,指水清澈见底 ;澄,清澈。

采桑子

　　群芳过后西湖好，狼藉残红¹。飞絮濛濛²。垂柳阑干尽日风。　　笙歌散尽游人去，始觉春空³。垂下帘栊⁴。双燕归来细雨中。

　　本篇通过描写颍州西湖暮春景物，表现作者晚年退休之后恬淡自适的生活情趣。

　　古诗词中春游题材的作品，一般都喜欢描写群芳正盛时的美景与乐事，本篇却偏偏选取万花凋零的时刻来进行描绘，从中觅取寂静之境，体验恬淡之趣，可谓别具一格。

　　作者采用虚实相生的章法来结构全篇：上片写暮春湖上"花谢花飞飞满天"的景致，是实写；下片写游人散尽之后自己体验到的无边安静与几分寂寞，是虚写。此词通体皆佳，然以首句"群芳过后西湖好"最受词论家称赏，它好就好在突兀而起，笼罩全篇，是写景抒情之关纽，以后的优美情景都由此句生发出来。

　　清代词话家谭献评论说："'群芳过后'句，扫处即生。"又："'笙歌散尽游人去'句，悟语是恋语。"（谭评《词辨》卷一）近人俞陛云则评论此词全篇之美曰："西湖在宋时堤上香

车,湖中画舸,极游观之盛。此词独写静景,别有意味。"(《唐五代两宋词选释》)

1　群芳:百花。谢朓《酬德赋》:"览斯物之用舍,相群芳之动植。"狼藉:纵横散乱。

2　濛濛:雨点细小的样子。这里形容柳絮漫天飞扬如细雨。

3　春空:春意消失。

4　帘栊:即窗帘。窗棂为栊。谢惠连《七月七日夜咏牛女》诗:"升月照帘栊。"

采桑子

何人解赏西湖好，佳景无时。飞盖相追[1]。贪向花间醉玉卮[2]。　　谁知闲凭阑干处，芳草斜晖。水远烟微。一点沧洲白鹭飞[3]。

人人都说颍州西湖好，但要问究竟好在哪里，又似乎无人能解。作为西湖的老熟客，作者就在本篇用审美的语言把西湖的好处给介绍出来。

上片是说，西湖的第一点好处，是在于"佳景无时"——一年四季风景皆佳，春景、夏景、秋景、冬景各有各的妙处；一天之中，无论晓景、午景、黄昏之景，都各有特色。正因为如此，一年到头，一天到晚，都有车马载着游客联翩而至。人们往往在花间饮酒，用醉眼观景，直至尽兴方归。

下片则告诉人们，虽然西湖"佳景无时"，但好中选好，最好的还是黄昏之景。你看，我闲倚阑干向西天远眺，但见芳草斜阳，一片瑰丽；水远烟微，引人遐想；而最让人感到惬意的是，水边草地上，高洁潇洒的白鹭在自由自在地飞翔……欧阳修晚年定居颍州，目的就是在这里度过他的桑榆晚景，他对西湖黄昏之景情有独钟，这是符合一个垂暮老人的心理常态的。

1　飞盖相追：这是化用曹植《公讌》诗："清夜游西园，飞盖相追随。"盖，车篷；飞盖指奔驰的马车。

2　玉卮：玉杯。卮，饮酒的圆器，见《说文》。

3　沧洲：水边之地。

采桑子

　　清明上巳西湖好[1]，满目繁华。争道谁家。绿柳朱轮走钿车[2]。　　游人日暮相将去[3]，醒醉喧哗。路转堤斜。直到城头总是花。

　　本篇写农历三月三日上巳节至三月五日清明节那几天颍州西湖游乐之盛。在中国的传统习俗中，春季是旅游旺季；而在春季旅游中，上巳——寒食——清明这连着的几天又是旺中之旺。本篇就是着力描写这几天西湖游乐之"旺"象的。唐人杨巨源春游诗有句云："若待上林花似锦，出门俱是看花人。"可见无论在任何风景旅游处，春游的主要特征都是：人多，繁华热闹。欧阳修在本篇中就是紧紧抓住这一特征来渲染描绘西湖春游之盛况的。

　　上片写柳荫大路上熙熙攘攘、车马争道的状况，以见出游客之多；下片则专写黄昏游客归去时的酒态醉语高声喧哗之状，而以满路繁花作映衬，以见出场面之繁华热闹。此词以小篇幅写大场面，写得有声有色，宛然是一幅浓缩的皖西北春日民俗风情画。

1　上巳：古时农历三月巳日为上巳节，魏晋以后改为三月三日。

2　朱轮：古制，太守所乘车以朱漆涂车轮，作者曾为颍州太守，故云。钿车：嵌上金丝花纹作为装饰的车子。杜牧《街西长句》诗："绣鞅珑璁走钿车。"

3　相将：相随。

采桑子

荷花开后西湖好，载酒来时，不用旌旗。前后红幢绿盖随[1]。　　画船撑入花深处，香泛金卮[2]，烟雨微微，一片笙歌醉里归。

本篇写夏天荷花开放时颍州西湖风景之美与作者自己的游赏之乐。

上片写西湖荷花给作者带来的审美愉悦。作者是用一个地方长官的眼光来观赏荷花的。他是颍州太守，按官场惯例，太守出行，要摆威风，用旌旗仪仗左右夹护。而西湖水面上的荷花，红花与绿叶相间，就像一簇簇红色的旌旗和绿色的伞盖，拥卫着太守的游船。作者觉得它们比自己那一套旌旗仪仗更好看，赞赏之余，忍不住自我打趣道：下次我载酒再来时，不用带旌旗仪仗了！

下片写"醉翁"自己在荷花丛中饮酒的乐趣——荷花深处，烟雨微微，撩人情思，动人遐想，酒香中融入了荷香，更使人飘飘然如在仙境。于是举酒细饮，慢慢至醉，才在花香、酒香与乐曲声的包围中打道回府。古今写荷花的作品多如牛毛，此词的佳处，就在于写出了有特定身份和特定审美标准的人赏荷所获得的特殊乐趣。

1 "不用旌旗"二句：意谓不必用旌旗，荷花荷叶红绿相衬，比旌旗仪仗更好看。红幢绿盖：红色的旌旗和绿色的伞盖，形容湖中的红花绿叶。

2 金卮：金杯，酒杯的美称。邢邵《三日华林园公宴》诗："方筵罗玉俎，激水漾金卮。"

采桑子

天容水色西湖好，云物俱鲜[1]。鸥鹭闲眠。应惯寻常听管弦。　　风清月白偏宜夜，一片琼田[2]。谁美骖鸾[3]。人在舟中便是仙[4]。

　　本篇通过描写昼晴夜朗的日子里西湖上空(天容)和湖面(水色)之美，创造出一个莹澈高迥的神仙般境界。

　　上片写日丽天青的昼景：红轮高照，云物俱鲜，暖气融融，鸥鹭闲眠，这时最宜于在湖上以闲暇的心态聆听音乐。

　　下片写风清月白的夜景：天空，明月皎皎，莹澈无边；湖面，银波闪闪，宛如万顷琼田。月光把天空和湖面粘合成为一体，使人实在难以分辨何处是天，何处是湖。此时如果在湖面泛舟，会使人觉得是在天上行驶，自认为已经进入仙境，不再羡慕那些骖鸾驾鹤的神仙了。

1　云物：指天空的云霞。赵嘏《长安秋望》诗：“云雾凄清拂曙流，汉家宫阙动高秋。”
2　琼田：形容湖面莹洁，有如玉田。旧题东方朔《十洲记》：“东海有不死之草，生琼田中。”

3　骖鸾：指仙人骑着鸾鸟在天空遨游。江淹《别赋》："驾鹤上汉，骖鸾腾天。"

4　"人在"句：典出《后汉书·郭太传》："林宗（郭太）惟与李膺同舟而济，众宾望之以为神仙焉。"

采桑子

残霞夕照西湖好，花坞蘋汀[1]，十顷波平。野岸无人舟自横[2]。　　西南月上浮云散，轩槛凉生。莲芰香清[3]。水面风来酒面醒[4]。

本篇专写黄昏的西湖。

上片先写太阳落山时的情景。首句"残霞夕照西湖好"，不光是写景，亦暗喻老年心态，它与唐诗人刘禹锡"莫道桑榆晚，为霞尚满天"，李商隐"夕阳无限好"一样，都是通过"晚霞"、"夕阳"来寄托临老的情思。以下具体描写黄昏西湖究竟"好"在何处。"花坞"者，土墙高处栽花；"蘋汀"者，水岸低处种蘋，这是"残霞夕照"辉映下的美景之一。"十顷波平。野岸无人舟自横"者，黄昏游人多已散去，水面显得十分平静而空阔，只有岸边孤舟自横。这是"残霞夕照"辉映下的美景之二。"野岸"句化用唐诗人韦应物《滁州西涧》的"野渡无人舟自横"，改"渡"为"岸"，就不是"春潮带雨晚来急"的滁州西涧，而是"十顷波平"的颍州西湖野岸了。欧公"引古"之灵活而善于创造，于此可见一斑。

下片续写月上东山时的情景，着重突出日落月出之际的环境气氛给人带来的清凉幽爽之感:月亮出来之后,首先驱散了天空的浮云;接着,风来了,水中的芰菱荷花散发出清幽的香气,在轩槛内倚阑欣赏湖光秋色的诗人开始感到了阵阵凉意;更让人感到舒适和兴奋的是,这挟带着花香的凉风吹醒了诗人的醉脸,唤起他写出了这首像风景画一样美的词。

———

1　花坞:四面高中间低可以障风的花圃。严维《酬刘员外》诗:"花坞夕阳迟。"蘋汀:长满蘋花的水边小洲。

2　"野岸"句:化用韦应物《滁州西涧》诗:"野渡无人舟自横。"

3　芰(jì):菱。

4　酒面:醉脸。

采桑子

平生为爱西湖好，来拥朱轮[1]。富贵浮云[2]。俯仰流年二十春[3]。　　归来恰似辽东鹤，城郭人民，触目皆新[4]。谁识当年旧主人？

这是作者西湖组词的最后一首，它不再描写颍州西湖本身，而是抒写作者离开颍州二十年后又回到故地的欣喜而又感伤的复杂情绪，作为组词的收束。

上片逆入，回忆二十年的经历。首二句自述平素十分喜爱西湖，曾经到这里任太守，领略了西湖的美景。后二句感叹自己因仕宦所需，当年轻易地离开了这个美好的地方，自那以来，年华似水，二十年很快就消失了。

下片纯用"引古"（用典）之法，写自己重返颍州后的物是人非之感。这里所用的是古诗词中常用的一个神话故事，却没有俗滥之感，而是恰切地表露了作者此时此地的心境。作者认为他重返颍州"恰似辽东鹤"——就像离乡多年又还乡的丁令威。"城郭人民"四字，是丁令威的话"城郭如故人民非"的缩写，用来表达作者的物是人非之感。结尾二句极为沉痛：时过二十年，已经没有人记得当年的旧主人欧阳修了！

———

1 来拥朱轮：指到颍州当太守。见前《采桑子》（清明上巳西湖好）注2。

2 富贵浮云：把功名富贵看得像过眼烟云。语出《论语·述而》："不义而富且贵，于我如浮云。"

3 "俯仰"句：作者自仁宗皇祐二年（1050）秋天离颍州知州任改知应天府（今河南商丘），到神宗熙宁四年（1071）退休归颍，恰好二十个春天。

4 "归来"三句：《洞仙传》："丁令威者，辽东人也。少随师学得仙道，分身任意所欲。尝暂归，化为白鹤，集郡城门华表柱头，言曰：'我是丁令威，去家千岁今来归。城郭如故人民非，何不学仙离冢累。'"

朝中措

送刘仲原甫出守维扬[1]

平山阑槛倚晴空[2]，山色有无中[3]。手种堂前垂柳[4]，别来几度春风。　　文章太守[5]，挥毫万字，一饮千钟。行乐直须年少，尊前看取衰翁。

这首送别词，不涉别情，而是抒发豪情，自励亦以励人。

上片写作者在扬州时所建造的平山堂的壮丽景色。首句"平山阑槛倚晴空"，一起高横，"倚"字极警动，显示出平山堂突兀峥嵘的凌空之势。"山色有无中"本为唐诗人王维《汉江临泛》中的句子，欧公化用，遂成词中名句，成为"醉翁语"。后二句逆入，借对手植之树的怀念，回忆平山堂往事，也就是回忆自己在扬州任太守时的往事，以呼应词题—送刘原甫出守维扬。

下片作自我写照，以前任扬州太守（作者自己）豪放旷达的形象劝勉现任扬州太守（刘原甫）效其所为，做一个乐天派、豪放派。"文章太守"三句，是欧公的自画像，风流雄豪，令人景仰。结拍"行乐"二句，意思是说，你正当壮年（这一年刘原甫才三十七岁),到了那里以后,应当及时行乐,你看我如今已是衰翁(这一年欧阳修已五十岁),要想行乐是不如你了。在自谦自叹中表现了一种旷达的人生态度。

这里所说的"行乐直须年少",并非指消极的浪游,而是如《古诗十九首》的"生年不满百,常怀千载忧,昼短苦夜长,何不秉烛游"一样,已经升华到珍惜光阴的哲理高度,其立意是"少壮须努力"。所以这首词的抒情基调是豪放的、旷达的、乐观的。

1 刘仲原甫:刘敞(1019—1068),字原甫(仲,老二,这是指其排行),江西新喻人,庆历进士,官至集贤院学士、判南京御史台。出守维扬:出任扬州知州。刘敞于仁宗至和三年(1056)出知扬州,欧阳修写了这首词送他。

2 平山:堂名,在扬州蜀冈山上,欧阳修守扬州时所建。倚晴空:形容平山堂栏槛很高,像是插在半空中一样。

3 山色有无中:这是化用王维《汉江临泛》诗:"江流天地外,山色有无中。"

4 "手种"句:据张邦基《墨庄漫录》:"扬州蜀冈上大明寺平山堂,欧阳文忠手植柳一株,人谓欧公柳。"

5 文章太守:这是欧阳修自称。他曾任扬州太守。

诉衷情

眉　意[1]

清晨帘幕卷轻霜，呵手试梅妆[2]。都缘自有离恨，故画作远山长[3]。　　思往事，惜流芳[4]。易成伤。拟歌先敛[5]，欲笑还颦[6]，最断人肠。

　　这是一首代歌女抒怨情的小词。作者不是直抒怨情，而是通过细致描绘这位歌女冬日清晨起床梳妆的情状，来含蓄地表露其怨情的。

　　上片写梳妆画眉的情景。初冬的清晨，这位歌女冒着轻寒卷起了蒙上一层白霜的窗帘，开始对镜梳妆。冰凉的手指有些不听使唤，她不停地呵手取暖。离别的怨恨萦绕在她心中，所以她画眉有意画成了象征绵长的离情别恨的远山眉。

　　下片进一步写离愁。往日的欢聚实在难忘，时光的流逝令人惋惜。她思前想后，禁不住一阵阵伤感起来。她想开口唱歌，却先皱起了眉头；她想笑，却无论如何笑不起来，只是一次又一次地皱起了眉头。这种感情的折磨使得她肝肠寸断。全篇细节描写和心理活动展示十分逼真，一个伤情女子的形象遂跃然如在纸上。

1　眉意：咏美人画眉。

2　呵手：因天寒呵气暖手。梅妆：梅花妆。据《太平御览·时序部》引《杂五行书》："宋武帝女寿阳公主人日卧于含章殿檐下，梅花落公主额上成五出花，拂之不去。皇后留之，看得几时，经三日，洗之乃落。宫女奇其异，竞效之，今梅花妆是也。"

3　缘：因为，由于。故画作远山长：指把眉毛画成像卓文君那样的"远山眉"。据《西京杂记》："文君姣好，眉色如望远山。"

4　流芳：像流水一般逝去的青春。

5　敛：皱眉。

6　颦：也是皱眉的意思。

踏莎行

候馆梅残[1]，溪桥柳细[2]。草薰风暖摇征辔[3]。离愁渐远渐无穷，迢迢不断如春水[4]。　寸寸柔肠[5]，盈盈粉泪[6]。楼高莫近危阑倚[7]。平芜尽处是春山[8]，行人更在春山外。

这首送别怀人的小词写得很别致。唐宋诗词中这类题材的作品，一般只在行者和居者中选取一方来描写，无论写哪一方，只要言情真挚婉转，便可称为佳作。本篇却两方兼写，把离情别绪写得格外凄婉动人。

清人金圣叹评点此词章法之奇和构思之妙道："前半是自叙，后半是代家里叙，章法极奇。杜诗'今夜鄜州月，闺中只独看'，此便脱化出'楼高'句；'遥怜小儿女，未解忆长安'，此便脱化出'平芜'二句。从一个人心里，想出两个人相思，幻绝妙绝。'候馆梅残，溪桥柳细。草薰风暖摇征辔'，'残'字、'细'字写蚤春如画。'摇'字不知是草，不知是风，不知是征辔，却便觉有离愁在内。'离愁渐远渐无穷，迢迢不断如春水'，此二句只是叙愁，却已叙出路程；上三句只是叙路程，却都叙出愁。其法妙不可言。'楼高莫近危阑倚'，此七字从客中忽然说到家里。'平芜尽处是春山，行人更在春山外'，此

十四字又反从家里忽然说到客中,抽丝胜阳羡书生矣。"(《金圣叹全集》卷六批欧阳永叔词)

1　候馆:指旅馆。常建《泊舟盱眙》诗:"平沙依雁宿,候馆听鸡鸣。"

2　溪桥柳细:化用杜甫《西郊》诗:"市桥官柳细。"

3　薰:花草的香气。草薰风暖:化用江淹《别赋》:"闺中风暖,陌上草薰。"征辔(pèi):指旅途中的马。辔,马缰绳。

4　"迢迢"句:化用寇准《夜度娘》词:"柔情不断如春水。"迢迢,遥远的样子。

5　寸寸柔肠:谓伤心之极。韦庄《上行杯》词:"一曲离肠寸寸断。"

6　盈盈:形容眼泪充溢。

7　危阑:高楼的阑干。

8　平芜:平远的草地。高适《田家春望》诗:"出门何所见,春色满平芜。"

踏莎行

碧藓回廊[1]，绿杨深院，偷期夜入帘犹卷。照人无奈月华明，潜身却恨花深浅。　　密约如沉[2]，前欢未便，看看掷尽金壶箭[3]。阑干敲遍不应人，分明帘下闻裁剪[4]。

　　这首恋情词在唐宋词史上具有创新的价值。在此之前，词多是代女子言情，凡恋情词写的都是女子的情态和活动。本篇却破天荒地写男子。恋情词中写男子，这在与欧阳修差不多同时的柳永词中已露端倪，但通篇写一个男子的恋情活动，本篇似乎是首例。

　　本词写一个男子月夜赴一个女子之约，不料偷入绿杨深院，来到女子窗前时，那女子却悔约了，对他的到来装作不知。他潜身于花丛中，苦苦等待，不断敲击阑干，想让对方开门放他进去。他分明听见那女子在窗下裁剪衣料的声音，可是她竟然一直不理睬他，害他白折腾了一个通宵，直至金壶漏尽，东方破晓……全篇通过叙事来抒情，细节生动，情景逼真，是一首当行本色的艳体小词。

1　碧藓：绿苔。

2　密约：男女间秘密的约会。韩偓《幽窗》诗："密约临行怯，私书欲报难。"

3   掷尽金壶箭：指铜壶中计时的箭上刻度已尽，天将破晓。

4   "分明"二句：化用韩偓《倚醉》诗："分明窗下闻裁剪，敲遍
阑干唤不应。"

生查子

元　夕

去年元夜时¹，花市灯如昼²。月上柳梢头，人约黄昏后。　　今年元夜时，月与灯依旧。不见去年人，泪湿春衫袖。

――

这首传诵极广的爱情词，曾经长时间地被误认为是宋代女词人朱淑真的作品。它其实是欧阳修所作。题为"元夕"(元宵节)，却不是咏节令，而是借写节日反映爱情。

词的上下两片对比描写了前后两年元宵灯节的不同情景和恋爱中人由此而产生的情感波澜。上片，写去年元夜的融融欢情：明月升空，灯火辉煌，男女幽会，两心相洽。下片，写今年元夜的孤独忧伤：明月依旧皎洁，彩灯依旧灿烂，然而月圆之时人却不得团圆，物是人非的感伤顿时充溢于胸间，禁不住泪湿春衫！通过两种不同情景的鲜明对照，将男女相思之情宣写得淋漓尽致。

这首词在欧阳修的恋情词中独具一格，其独特性主要表现在两个方面：一是语言清新朴素，表情达意显豁明快，有民歌风格；二是上下两片结构均匀整齐，有意使同位字句两两重复和相对,形成回环往复的节奏美和韵律美。

1　元夜:元宵节之夜(旧历正月十五夜)。

2　花市:唐宋民间每年春时举行的卖花、赏花的集市。韦庄《奉和左司郎中春物暗度感而成章》诗:"锦江风散霏霏雨,花市香飘漠漠尘。"

生查子

含羞整翠鬟[1]，得意频相顾。雁柱十三弦[2]，一一春莺语[3]。　　娇云容易飞[4]，梦断知何处？深院锁黄昏，阵阵芭蕉语。

这首词写一位歌妓的怨情。这是自"花间"派以来文人词中常见的题材，染指既多，已成俗套，不容易写好。此词之所以能写来让人称好并引起前代批评家的注意，主要在于作者并不刻意雕饰，而只用本色的语言来写平常之事，突出描写对象的主要特征，前后陪衬照应得好，表现出一种整体的美。恰如清代评点家金人瑞所分析的："迩来填词家，亦贪得好句，而苦无其法，遂终成呕哕。殊不知好句初不在'风雨'、'珠玉'等字锢钉而成，只将目前本色言语，只要结撰照耀得好，便觉此借彼衬，都成妙艳。如此词，第三、四句'一一'字，只从'十三'字注沥而出；'莺语'字，只从'雁柱'字影射而成也。苟若不得此法，即髯枯血竭，政复何益？'雁柱十三弦，一一春莺语'，此二句之妙，人未必知，予不得不说。盖从'十三'字生出'一一'字，从'雁柱'字生出'莺语'字也。'娇云容易飞，梦断知何处'，如此用梦云事，便如曾未经用。'深院锁黄昏'，黄昏如何'锁'得？且'锁黄昏'与人何与？

只说'锁黄昏',更不说怨,而怨无穷矣。"(《金圣叹全集》卷
六批欧阳永叔词)

1　翠鬟：妇女发髻的美称。高蟾《华清宫》诗："何事金舆不
再游？翠鬟丹脸岂胜愁？"

2　雁柱十三弦：筝柱斜列，状如雁行，故称"雁柱"。古筝原先
十二弦，后改为十三弦，故说"雁柱十三弦"。李商隐《昨日》
诗："十三弦柱雁行斜。"

3　春莺语：形容筝弹奏出像黄莺啼叫一般美妙的声音。韦庄
《菩萨蛮》词："琵琶金翠羽，弦上黄莺语。"

4　娇云：姿态美妙的云彩。杜牧《茶山下作》诗："娇云先占
岫，健水鸣分溪。"

望江南

　　江南蝶，斜日一双双。身似何郎全傅粉[1]，心如韩寿爱偷香[2]。天赋与轻狂[3]。　　微雨后，薄翅腻烟光。才伴游蜂来小院，又随飞絮过东墙。长是为花忙。

　　这首咏蝶词，将动物拟人化，把蝴蝶作为轻薄男儿的象征来描写，塑造了一个恣情放浪、轻狂好色、专以拈花惹草为乐的风流公子的形象。

　　上片先简括地描写蝴蝶的"轻狂"之状及其惯于傅粉偷香的本性。"身似"、"心如"二句，对仗工整，描写物态亦十分贴切，更重要的是巧用典故，赋予这种小飞虫以某一类人的情性——喜爱打扮，禀性风流。下片具体描写蝴蝶的风流行为—它们风流成性，不断地拈花惹草，才去西家，又到东家，"长是为花忙"。

　　宋人写咏物诗词，大都主张要含蓄蕴藉，不即不离，如《诗人玉屑》引《吕氏童蒙训》曰："咏物诗不待分明说尽，只仿佛形容，便见妙处。"张炎《词源》也说："诗难于咏物，词为尤难。体认稍真，则拘而不畅；模写差远，则晦而不明。"本篇却一反宋人通行的审美标准，有意凸显作者的感情倾向，将所咏之物的"本性"表现得刻露无遗。这在宋代咏物诗词中可谓自成一格。

1　何郎傅粉：何郎谓何晏，字平叔，三国魏人。《世说新语·容止》："何平叔美姿仪，面至白，魏明帝疑其傅粉，正夏月与热汤饼，既啖，大汗出，以朱衣自拭，色转皎然。"这里用以比喻蝴蝶之白。

2　韩寿偷香：韩寿，晋代人，为权臣贾充的女婿。《晋书·贾充传》："韩寿美姿容，贾充辟为司空掾。充少女贾午见而悦之，使侍婢潜通音问，厚相赠结，寿逾垣与之通。午窃充御赐西域奇香赠寿。充僚属闻其香气，告于充。充秘之，遂以女妻寿。"这里用以比喻蝴蝶在花丛中吮蜜偷香。

3　轻狂：放荡，常指恣情放浪的行为。作者《洞天春》词："燕蝶轻狂，柳丝撩乱，春心多少。"

蝶恋花

面旋落花风荡漾[1]，柳重烟深，雪絮飞来往[2]。雨后轻寒犹未放，春愁酒病成惆怅。　　枕畔屏山围碧浪[3]，翠被华灯，夜夜空相向。寂寞起来褰绣幌[4]，月明正在梨花上。

这是一首闺怨词。它描写的是一位闺中少妇春末独守空闺的哀愁。

词是一般常见的即景抒情格，但在结构安排上却作了一些特殊处理：它采用如唐圭璋《论词之作法》一文所列的那种"上昼下夜"的章法来结构成篇。唐先生所举的例子是韦庄的《应天长》（绿槐影里黄莺语）。韦词全文是："绿槐影里黄莺语，深院无人春昼午。画帘垂，金凤舞。寂寞绣屏香一炷。碧天云，无定处。空有梦魂来去。夜夜绿窗风雨，断肠君信否？"可以看出，本篇作法与韦作相似，抒写内容也差不多，但韦作表情较为直露，本篇则较为含蓄。

本篇上片先写昼景昼情，下片过渡到写夜景夜情。在作者笔下，昼与夜之间具有一致性——无论白天黑夜，都是情景相映，情景相融；景都是空旷幽绝之景，情都是孤独凄婉之情。这样写，方见得抒情主人公的哀愁并非偶有感触而生的那种阵发性的哀愁,而是一种全天候的、夜以继日绵绵不断的浩渺深长之愁。

1　"面旋"句:指风吹落花在人的面前旋转荡漾。

2　雪絮:白色的柳絮。

3　屏山:屏风。温庭筠《菩萨蛮》词:"无言匀睡脸,枕上屏山掩。"

4　褰(qiān):拉开,撩起来。绣幌:彩绣的帘帷。

蝶恋花

庭院深深深几许，杨柳堆烟[1]，帘幕无重数。玉勒雕鞍游冶处[2]，楼高不见章台路[3]。　　雨横风狂三月暮[4]，门掩黄昏，无计留春住[5]。泪眼问花花不语，乱红飞过秋千去[6]。

这首闺怨词，写的是一位独处深闺之中的上层妇女的苦闷。

开头三句，只是写一座华丽而幽寂的深宅大院，而没有写人，但主人公身份的矜贵和生活的孤单已可想而知。"玉勒"二句，点明闺怨的具体内容和起因：这位女子的夫君浪荡游冶，久久不归。夫妇双方一方深院凝愁，一方则章台驰骋，两相对照，哀乐毕现。换头三句，写女子因风雨交加，更起伤春怀人之情。末二句"泪眼问花花不语，乱红飞过秋千去"，以眼前之景曲折有致地反映出女主人公内心伤感哀怨之情，使此词达到了层深而浑成的抒情境界。

清人毛先舒评论说："词家境欲层深，语欲浑成。作词者大抵意层深者语便刻画，语浑成者意便肤浅，两难兼也。或欲举其似，偶拈永叔词云：'泪眼问花花不语，乱红飞过秋千去'，此可谓层深而浑成。何也？因花而有泪，此一层意也。因泪而问花,此一层意也。花竟不语,此一层意也。不但不语,且又乱落,飞过秋千,此一层意也。人愈伤心,花愈恼人,语愈浅而意愈入,又绝无刻画费力之迹,谓非层深而浑成耶?"(王又华《古今词论》引)

1　几许:多少。杨柳堆烟:形容层层雾气笼罩着杨柳。

2　玉勒雕鞍:代指华丽的车马。玉勒,镶有玉饰的马笼头。雕鞍,雕有花饰的马鞍。游冶处:指歌楼妓馆。

3　章台:本是汉代长安城西南街,因唐代许尧佐《章台柳传》以章台为背景写妓女柳氏故事,后人遂用作游冶之地的代称。

4　雨横风狂:风雨很猛烈。"横"字读去声。

5　"无计"句:化用薛能《惜春》诗:"无计延春日,何能留少年。"

6　乱红:指落花。

蝶恋花

越女采莲秋水畔[1]，窄袖轻罗，暗露双金钏[2]。照影摘花花似面，芳心只共丝争乱。　　鹭鹚滩头风浪晚[3]，雾重烟轻，不见来时伴。隐隐歌声归棹远[4]，离愁引著江南岸[5]。

———　　这首代女子写其"芳心"的词，以一位采莲女作为描绘中心，不但写出她秀丽的外貌，更写出她绵缈的情思，所以十分耐人寻味。

上片，写这位女子和同伴们一道划船到秋江上去采莲。动静结合的人物形象勾画，使得这位女子形神兼备，栩栩如生，呼之欲出。窄袖轻罗的打扮，显出她身姿婀娜而又矫健；划船和采莲时手镯的闪闪烁烁、忽隐忽现，更映衬出她的活泼和美丽。最妙的是照影摘花的特写镜头，不但凸显了她外貌的美艳，更渲染出她多情善感的性格。

下片专写这位女子触景而生的相思愁情。作者对这种顾影自怜、触景生情的深幽情怀的描写是十分朦胧含蓄的。他没有明确交代这位女子"芳心"都想了些什么，只用"鹭鹚"（紫鸳鸯）、"离愁"一类字眼引发读者的联想，让人们猜想到，这位女子"芳心"之所以像断莲梗的"丝"（思）那样"乱"，乃是因为眼前的景色惹起了她的相思之愁。通篇充溢着诗情画意,风格婉约含蓄,境界清丽幽深,音律柔婉谐畅,是一首当行本色的艳情小词。

1　越女:越地(今浙江东部) 少女,泛指江南水乡的姑娘。

2　金钏(chuàn):金手镯。

3　鸂鶒(xī chì):水鸟,形同鸳鸯而稍大,色紫,俗称紫鸳鸯。

4　归棹:归船。

5　著:附着,粘附。这里有"充斥弥漫"之意。

蝶恋花

翠苑红芳晴满目[1]，绮席流莺[2]，上下长相逐。紫陌闲随金辘辘[3]，马蹄踏遍春郊绿。　　一觉年华春梦促，往事悠悠，百种寻思足。烟雨满楼山断续，人闲倚遍阑干曲。

此词的主题是惜春。上片先竭力渲染春事之盛：翠苑红芳，满目晴色；富贵人家的庭院里摆满了华贵的筵席，园林里流莺纷飞，上下追欢逐乐；都市郊外的大路上香车闲转，马蹄得得，将野外的芳草踏遍……下片忽作反跌，将以上繁华热闹场景说成是一个异常短促的春梦，抒写出了浓浓的惜春之情。

看着那位春梦初醒、恍然若失，闲倚阑干、远望遐想的抒情主人公的形象，使人禁不住要进一步推测：他究竟是在单纯地惜春悼春，还是由春的始而热热闹闹、终则匆匆逝去联想到了别的什么？我以为，这首词由欢闹的春景，忽写到迷惘的春愁，既表现了欧阳修对于良辰美景的敏感多情，又隐隐约约透露出他久历仕宦沧桑之后所产生的一种难以形容的复杂心境。

1 翠苑：种满绿树的园林。

2 绮席：华美的筵席。唐太宗《帝京篇》："玉酒泛云罍，兰殽陈绮席。"

3 紫陌：东西方向的路为陌，用紫色土铺路故称紫陌。这里用以泛指都市郊外的大路。金鞯辘（lì lù）：用金属镶嵌的车。

蝶恋花

　　画阁归来春又晚[1]，燕子双飞，柳软桃花浅[2]。细雨满天风满院，愁眉敛尽无人见。　　独倚阑干心绪乱，芳草芊绵[3]，尚忆江南岸。风月无情人暗换，旧游如梦空肠断。

　　这首闺情词的主题是伤春怨别。上片侧重描写女主人公从画阁归来所见的晚春景象。首句一声"春又晚"的叹息，惜春之情溢于言表。"柳软"、"细雨"二句，具体描写晚春时节令人伤心的风雨落花景象。"愁眉"句，将女主人公的形象画进了这幅残春风景图中，人、景交融，凸显了她的忧愁孤独之状。下片专写女主人公的伤离怨别之情。"独倚阑干"句，表现其形单影只、心烦意乱。"芳草"二句，描绘她此时目之所及、心之所想。末二句点出伤春怨别的主题，以直抒其情结束全篇。此词由景及情，情与景浑，以凄婉缠绵的笔调，曲折尽意地抒写了伤春女子的满怀离思和一腔哀愁，艺术上是十分成功的。

1　画阁(gé)：华美的楼阁。阁，通"阁"。

2　桃花浅：是说春晚桃花开残，树上的花朵显得稀薄了。

3　芊（qiān）绵：草木茂密繁盛。张泌《春日旅泊桂州》诗：
"暖风芳草竞芊绵。"

蝶恋花

尝爱西湖春色早[1]，腊雪方销，已见桃开小。顷刻光阴都过了，如今绿暗红英少[2]。　　且趁余花谋一笑，况有笙歌，艳态相萦绕[3]。老去风情应不到[4]，凭君剩把芳尊倒[5]。

这首词通过描写作者前后两年游赏颍州西湖春景的不同感受，十分形象地表现了他中年以后的放旷达观情怀。

让我们循着词中提示的时间线索来赏析这首词。细检作者的履历可知，欧阳修第一次欣赏颍州西湖春景是在宋仁宗皇祐元年（1049）初春时节，那一年正月，他奉命由扬州移知颍州，"二月丙子至郡"，即去游西湖，"乐西湖之胜，将卜居焉"（《庐陵欧阳文忠公年谱》）。本篇首句"尝爱西湖春色早"就是指这一次。他第二次游赏西湖春景只可能是在第二年（皇祐二年）晚春（因为这一年的七月他又改知南京应天府，离开颍州了）。词中"顷刻光阴都过了，如今绿暗红英少"云云，指的就是第二次。

两次游赏，所见大不相同：第一次是初春，腊雪方消，小桃初开，春事始起，来日正长；第二次却已是晚春，眼见"光阴都过了"，只剩得"绿暗红英少"！他只好乘着湖面还有些"余花"，抓住时机看了个够。受这两次游玩的感触启发，他悟出了光阴易逝、人生在世应及时行乐的道理，于是他发誓要"趁余花谋一笑"，连忙招来乐工妓女，"笙歌艳态相萦绕"，听歌饮酒，来一个醉倒方休。

　　这一年欧阳修四十四岁，古人年至四十就开始称老，所以说"老去风情"。你看，"春光"已逝，年华向老，但作者并不甘心服老，犹欲谋花前一笑、酒边一醉，其放旷达观之情，不是已经溢于言表了吗？

1　西湖：此指颍州（今安徽阜阳）西湖。前屡见。

2　红英：红花。

3　艳态：指酒席上的歌妓。

4　风情：风月情怀，寻花问柳的心思。

5　剩把：尽把，只管把。芳尊：指酒杯。

渔家傲　三首

七　夕

喜鹊填河仙浪浅[1]，云轺早在星桥畔[2]。街鼓黄昏霞尾暗[3]。炎光敛。金钩侧倒天西面[4]。　　一别经年今始见，新欢往恨知何限。天上佳期贪眷恋。良宵短。人间不合催银箭[5]。

乞巧楼头云幔卷[6]，浮花催洗严妆面[7]。花上蛛丝寻得遍[8]。嚬笑浅。双眸望月牵红线[9]。　　奕奕天河光不断[10]，有人正在长生殿。暗付金钗清夜半[11]。千秋愿。年年此会长相见。

别恨长长欢计短，疏钟促漏真堪怨[12]。此会此情都未半。星初转[13]。鸾琴凤乐匆匆卷[14]。　　河鼓无言西北盼[15]，香蛾有恨东南远[16]。脉脉横波珠泪满。归心乱，离肠便逐星桥断。

　　以上三首《渔家傲》，是一组专咏七月七日乞巧节的联章词。近代词学家夏敬观评论说："七夕词三阕，意皆不复，此词选韵尤新。"（龙榆生《唐宋名家词选》引夏敬观评六一词）说它们互相意不相复，是指每一首各有一个描写中心（第一首，黄昏时的天空；第二首，人间的乞巧活动；第三首，后半夜的天上），各自展现一个节日场面。而三首连接起来，是一轴完整的七夕图画。

　　第一首，是用虚拟的、想象的场面描写，叙述神话传说中天上的牛郎织女一年一度的鹊桥相会。所叙为"仙境"里发生的故事，却用凡人（包括词人自己）眼中所见的实景作为烘托和映衬，所以情景历历如在眼前，可视性极高，给人以真实生动之感。

　　第二首，将摄像机的镜头从天上转回人间，摄取此夜"凡人"们的一系列节日活动的场面。上片是一幅七夕民俗风情图，展现的是妇女们的乞巧活动。下片换了一个写法——"引古"法，用唐明皇和杨贵妃的爱情故事来代指此夜乞巧活动的一个重要节目：夫妇、情侣双双向天祈祷，愿"年年此会长相见"。

　　第三首，又回到天上，写天将破晓，鹊桥将断，牛郎织女被迫分手的时刻到了；想象描写他们此时依依不舍、怀恨而别的种种痛苦情状。作者在整个过程描述中都赋予"仙人"以凡人的思想感情和行为方式，所以这一首如同前两首一样，人物形象栩栩如生，给人以真切而生动的美感。

这三首词，属于节令词。节令词，又称节序词，是宋词中的一个重要品类。宋人写作此类词甚多，但相当一部分作品都写得平庸凡俗，如宋末词学家张炎所批评的那样"类是率俗，不过为应时纳祜之声耳"。张炎对节序词提出的写作要求是："不独措词精粹，又且见时序风物之盛，人家宴乐之同。"（并见《词源》卷下）欧阳修这组七夕词，则不但措词精粹，由此可见"时序风物之盛，人家宴乐之同"，而且还振起想象的双翅，运用神话故事，将七夕夜的人间与天上写得那样美、那样令人心驰神往。所以它们堪称宋人同类词中的精品、神品。

1　"喜鹊填河"句：神话传说，七月七日夜喜鹊在天河上面搭桥，让牛郎织女过河相会。罗愿《尔雅翼》："涉秋七日，鹊首无故皆髡，相传以为是日河鼓与织女会于汉东，役乌鹊为梁以渡，故毛皆脱去。"

2　云軿（píng）：指织女乘坐的有帷盖的云车。星桥：银河之桥，即神话中的鹊桥。李商隐《七夕》诗："鸾扇斜分凤幄开，星桥横过鹊飞迴。"

3　霞尾：余霞，残霞。

4　金钩：指月亮；七夕月如钩。骆宾王《初月》诗："既能明似镜,何用曲如钩。"

5　不合:不该。银箭:古代计时器漏壶中有刻度的箭,看箭上的度数计时。李白《乌栖曲》:"银箭金壶漏水多,起看秋月坠江波。"

6　乞巧:七夕妇女的一种祈福活动。宗懔《荆楚岁时记》:"七夕妇女结彩缕穿七孔针,陈瓜果于庭中以乞巧,有喜子网于瓜上,则以为符应。"

7　严妆:指妇女妆束打扮齐整。《古诗为焦仲卿妻作》:"鸡鸣外欲曙,新妇起严妆。"

8　"花上蛛丝"句:即注6所介绍的引蛛网乞巧的活动。王仁裕《开元天宝遗事》:"七月七日,宫女各捉蜘蛛于小合中,至晚开视,蛛网密者,言得巧多,稀者言得巧少。民间亦效之。"

9　望月牵红线:即月下老人牵红线的传说。据李复言《续幽怪录》:唐韦固夜经宋城,遇一老人倚囊而坐,向月下检书。韦固问所检何书,答曰:天下之婚牍。又问囊中赤绳,云:以此系夫妻之足,虽仇家异域,此绳一系,亦必好合。

10　奕奕:光辉闪亮的样子。

11　"有人"二句:这是在用唐玄宗与杨贵妃七月七日夜半对天盟誓的故事。白居易《长恨歌》:"七月七日长生殿,夜半无人私语时。"又云:"惟将旧物表深情,钿合金钗寄将去。"

12　疏钟促漏:钟声稀疏,漏壶滴水声短促,说明夜已深了。

这是化用李商隐《曲池》诗："迎忧急鼓疏钟断"及《促漏》诗："促漏遥钟动静闻。"

13　星初转：北斗星开始转动；这意味着天将破晓。

14　"鸾琴"句：意为将和美悦耳的音乐匆忙地收起。鸾琴，即凤琴，乐器的美称。卷，收起。

15　"河鼓"句：牛郎织女又分别了，于是牵牛星在银河东，向西北遥望织女星。河鼓，指牵牛星。《太平御览·天部》引《尔雅》："河鼓谓之牵牛。"

16　"香蛾"句：意谓织女星回到银河西北，离开银河东南的牵牛星就远了。香蛾，指织女。蛾，蛾眉，代指美女，即织女。

渔家傲

花底忽闻敲两桨，逡巡女伴来寻访[1]。酒盏旋将荷叶当[2]。莲舟荡，时时盏里生红浪[3]。　花气酒香清厮酿[4]，花腮酒面红相向[5]。醉倚绿阴眠一饷。惊起望，船头阁在沙滩上[6]。

　　欧阳修用《渔家傲》词牌填写的采莲词一共有七首，大都以男女爱情相思为主题，惟独这一首是写采莲姑娘自身，写她们聚集在莲花丛中饮酒嬉戏的欢乐之状。

　　作品的人物形象描写是十分成功的，它突出了采莲女作为水乡女性劳动者的本色。与文人词中经常描写的那种矜持、忧郁而纤弱的闺中女子形象大不一样，本篇出现的采莲女一个个都活泼天真，爽朗豪放，身手矫健，动感十足。作者谋篇布局时听觉与视觉兼用，以曲折有致的动态描写来展现采莲女的群像和她们的水上活动，使人读词之时如闻其声，如见其面。

　　起句"花底忽闻敲两桨"，突然而来，"闻"、"敲"二字隐隐写人，"桨"字隐隐写船，这就以听觉描写引出了人的形象。第二句"逡巡女伴来寻访"，是视觉描写，女而曰"伴"，让人看见了划船而来的是女子且有一群；刚闻桨声而"逡巡"即至，又写出划船人之干脆利落和她们聚会愿望之迫切。接下来写女子们折叶当杯、荡舟饮酒的种种活动，写花之美、酒之香、人之醉。场面欢闹，气氛热烈，色彩鲜丽。然后是女子们由醉而眠，变动为静，这是本篇叙事写人的一大转折。结尾"惊起望"，再转折，由醉而醒，再变静为动，然后以"船搁沙滩"的静态描写作结。全篇表现了欧阳修杰出的叙事才能，叙事语言也清新明快、浅近通俗，颇有民歌风味。

1　逡巡（qūn xún）：顷刻，一会儿。宋元时俗语。

2　当：替代，读去声。

3　"时时"句：意谓杯中之酒被荷花映照着，像是荡漾着红浪。

4　"花气"句：意谓花气酒香互相酝酿而成一种芬芳气味。厮，相。

5　花腮：指荷花。酒面：指采莲女的醉脸。相向：相对。

6　阁：同"搁"，搁浅。

渔家傲

　　近日门前溪水涨，郎船几度偷相访。船小难开红斗帐。无计向，合欢影里空惆怅[1]。　　愿妾身为红菡萏[2]，年年生在秋江上[3]。更愿郎为花底浪，无隔障，随风逐雨长来往。

　　这首爱情词，叙事成分很重，它描写的是水乡一位采莲女与打鱼郎的恋爱故事。这个故事用女方的口吻叙述出来，显得十分美丽动人。

　　上片写男女双方趁着溪水上涨、船行方便，在渔郎的小船上几度幽会。小船上的偷情虽然浪漫惬意，但毕竟不能满足他们百年好合、常相厮守的爱情愿望，于是在下片里，采莲女对情郎发愿说：我愿意化成一朵荷花，年年生长在秋江之上；更愿意你化为花底的水波，这样我们之间就会毫无隔障，随风逐雨，常常来往。

　　宋人称赞欧阳修"虽游戏作小词，亦无愧唐人《花间集》"（罗大经《鹤林玉露》丙编"文章有体"条），主要是指他锦心绣口，能写出无愧唐五代人的艳情词。此词即是典型的一例。

1　合欢：指合欢莲。有一种瑞莲，一茎生两花，名曰合欢莲。

柳宗元《礼部贺白龙青莲花合欢莲子黄瓜》表云："伏见今月日……又出西内定礼池中青莲花并神龙寺前合欢莲子示百僚。"

2　菡萏(hàn dàn)：荷花。《尔雅·释草》："荷，芙蕖，其华菡萏。"

3　"年年"句：化用高蟾《上高侍郎》诗："芙蓉生在秋江上，不向东风怨未开。"

玉楼春

题上林后亭[1]

风迟日媚烟光好[2]，绿树依依芳意早。年
华容易即凋零[3]，春色只宜长恨少。　　池塘
隐隐惊雷晓，柳眼未开梅萼小[4]。尊前贪爱物
华新[5]，不道物新人渐老。

　　这首词从小序看，是题咏汴京皇家园林，但从实际表现内
容来看，却并不就题敷衍，对题咏对象本身描头画角，而是借
题发挥，从对园林风景的感受出发，抒写自己对春光的珍惜和
对于青春年华容易凋零的敏感。

　　全篇着意突出春天初到时的新气象，风曰"迟"，日曰
"媚"，烟光曰"好"，惊雷曰"隐隐"，还有"柳眼未开"，"梅萼"
还"小"，如此等等，无一不是初春的景物特征。从这一系列
细腻而贴切的描写中，我们分明感觉到了作者对春光的惊喜
和珍爱之情。

　　但春天是短暂的，作者的思想更是十分敏感的，他在春光
初露时就联想到春光是稍纵即逝的，又进一步联想到人的青
春年华也是极为短暂的，于是他先在词的上片之末发出"年

华容易即凋零，春色只宜长恨少"的议论，继而又在下片之末发出"尊前贪爱物华新，不道物新人渐老"的感叹。

　　伤春悲秋是文学描写的永恒主题，这样的议论和感叹在前人的诗词中并不稀见，但由于它是融合在对特定时空范围的描写之中的，同时又是作者特有的那种敏感心绪的自然流露，因而它依然能够动人之心，移人之情。

1　上林后亭：长安上林苑本秦旧苑，汉武帝更增广之，旧址在今陕西西安，这里借指汴京(今河南开封)宫苑里的亭子。

2　迟：轻缓和舒。媚：这里指阳光洁净，美好悦目。

3　容易：这里是"很快"之意。

4　柳眼：指初生的柳叶。柳叶初抽，细长如美人睡眼初展，古人称之为柳眼。元稹《生春》诗之九："何处生春早，春生柳眼中。"

5　物华：指春天的美好景物。王维《奉和圣制从蓬莱向兴庆阁道中留春雨中春望之作应制》诗："为乘阳气行时令，不是宸游玩物华。"

玉楼春

尊前拟把归期说[1]，未语春容先惨咽。人生自是有情痴，此恨不关风与月。　　离歌且莫翻新阕[2]，一曲能教肠寸结[3]。直须看尽洛城花[4]，始共春风容易别。

这首词中的抒情主人公"拟说归期"，而"未语先咽"，其心情之凄惨可见。离歌甫奏一曲已使人"肠断"，则再翻新声更何以堪！作者以翻进一层的白描手法写离别时的痛苦，感情十分凄婉动人。其成功之处主要在于上、下片的后二句：前者将一己的感情引向人生共有的"有情痴"，后者由眼前的离情引向洛阳城之春花春风，抒情境界拓宽了，却又与个人离别的苦况紧紧相连，因而格外缠绵感人。所以王国维评论说："永叔'人间自是有情痴，此恨不关风与月'，'直须看尽洛城花，始共东风容易别'，于豪放之中有沉着之致，所以尤高。"（《人间词话》）近人薛砺若也评论道：此词"可谓道尽人间一段幽恨闲愁。结语更于豪放中寓沉痛之意。"（《宋词通论》）

1　尊前：酒席前面。尊，酒器。
2　新阕：新曲。

3　肠寸结：形容离愁别恨很浓重。贾谊《旱云赋》："念思白云，肠如结兮。"韦庄《应天长》词："一寸离肠千万结。"

4　洛城花：指牡丹花。李格非《洛阳名园记》："洛中花甚多种，而独名牡丹曰花。"王象晋《群芳谱》："唐宋时，洛阳花冠天下，故牡丹竟名洛阳花。"

玉楼春

洛阳正值芳菲节[1]，秾艳清香相间发。游丝有意苦相萦[2]，垂柳无端争赠别。　　杏花红处青山缺[3]，山畔行人山下歇。今宵谁肯远相随？惟有寂寥孤馆月。

这首词写春日离情，其主要的表现手段是情景相融，以景托情。词中写洛阳城"芳菲"时节花的秾艳，花的清香，无不使人流连心醉。而在这样的环境中，人却要离去，这怎不令人黯然神伤！作者以乐景衬哀情，倍增其哀，离情之苦不言而喻。而篇中的游丝、垂柳、明月等，或别时依依不舍，牵衣拉手，或别后远远相随，孤馆相伴，全都那样多情。可见词中之景无不为情而生，词中之情也无不因景而浓，以景之多情来映衬离情，离情愈发显得浓厚缠绵，哀婉感人。

1　芳菲节：花草香美的春天时节。于濆《戍卒伤春》诗："连年戍边塞，过却芳菲节。"

2　游丝：指萦绕在花草树木间的蜘蛛或青虫所吐之丝。李白《惜余春赋》："见游丝之横路，网春辉以留人。"萦：缠绕。

3　"杏花"句：化用白居易诗"花枝缺处青楼开"，而画境更优美。

玉楼春

残春一夜狂风雨，断送红飞花落树。人心花意待留春，春色无情容易去。　　高楼把酒愁独语[1]，借问春归何处所？暮云空阔不知音[2]，惟有绿杨芳草路。

本篇抒写惜春的情思。和前篇（洛阳正值芳菲节）一样，作者在本篇将春天的景物拟人化。所不同的是，前篇的景物是"有情"的，而本篇的景物则是"无情"的。词的上片写春光逝去时的一派残败景象。作者通过描写惜春之人和春之景物两方，一方依依不舍"待留春"，一方却"无情容易去"，以这种强烈的反差将惜春之情渲染得无比浓厚。下片将描写中心从客观景物转移到惜春者自己身上。把酒问春，迄无回应的虚拟性描写，更突显了春之"无情"和人之"有情"，将惜春之情写到了极致。

1　把酒：持杯饮酒。孟浩然《过故人庄》诗："开轩面场圃，把酒话桑麻。"

2　不知音：不知道（春归的）消息。

玉楼春

别后不知君远近，触目凄凉多少闷。渐行渐远渐无书，水阔鱼沉何处问[1]？　夜深风竹敲秋韵[2]，万叶千声皆是恨。故欹单枕梦中寻[3]，梦又不成灯又烬[4]。

这是一首闺怨词，写的是闺中人的离情别恨。这本是一个烂熟的题材，容易写得一般化，但作者在写法上进行了创新，写出了自己的特色。这种创新主要表现在，作者有意按照《玉楼春》词牌上下两片、八句四韵，适合两句写一层意思的均匀结构，划出了四个抒情的层次，层层转折，愈转愈深地写出了离情别恨。正如唐圭璋《唐宋词简释》所评析的："此词写别恨，两句一意，次第显然。分别是一恨。无书是一恨。夜闻风竹，又搅起一番离恨。而梦中难寻，恨更深矣。层层深入，句句沉着。"

1　水阔鱼沉：古代有鲤鱼传书的传说；水阔鱼沉，喻示音讯断绝。

2　风竹敲秋韵：指秋风吹动竹叶发出声音。庾信《咏画屏风》

诗:"急节迎秋韵,新声入手调。"

3　欹(qī):斜靠。

4　灯又烬:灯芯烧成灰烬,即将熄火。

玉楼春

子　规[1]

　　江南三月春光老，月落禽啼天未晓。露和啼血染花红[2]，恨过千家烟树杪。　　云垂玉枕屏山小[3]，梦欲成时惊觉了。人心应不似伊心[4]，若解思归归合早[5]。

　　此词题为"子规"，看似咏物词，却并不是咏杜鹃鸟，而是因为该鸟叫声如说"不如归去"，遂借此起兴，代闺中思妇抒写离情别恨。

　　全篇分为四个抒写层次。上片首二句，写杜鹃啼叫的节令和时间；后二句，运用典故，状写杜鹃啼声之悲惨哀痛。下片头二句，写思妇正在梦境中与丈夫相会，却被杜鹃的叫声惊醒；末二句就"不如归去"的叫声做文章，代思妇呼唤其丈夫早早归来。一篇之精华在末二句，它利用鸟声与人语的巧合之处，十分恰切地表达了本篇的抒情主人公——闺中女子的心声。潘游龙评论说："末语比拟精当，且矫健。"（《古今诗余醉》）

1　子规：杜鹃鸟的别名。

2　啼血：传说杜鹃夜间啼叫，常啼出鲜血。师旷《禽经》张华
注："嶲（xī）周、瓯越间曰怨鸟，夜啼达旦，血渍草木。"白居易
《琵琶行》："其间旦暮闻何物，杜鹃啼血猿哀鸣。"

3　屏山：屏风。

4　伊：第三人称代词，他，那个人。这里指杜鹃鸟。

5　合：应该。

玉楼春

西湖南北烟波阔[1]，风里丝簧声韵咽[2]。舞余裙带绿双垂，酒入香腮红一抹。　　杯深不觉琉璃滑，贪看六么花十八[3]。明朝车马各西东，惆怅画桥风与月。

这首词也是在颍州西湖游乐时所作，写的是一次湖上的宴会。在写法上，作者也像前选"别后不知君远近"一阕那样，两句一个单元，将全篇分为四个抒写单元，来记叙宴会的全过程。其中一单元写宴会开始，乐队奏响了乐曲；二、三单元写宴席上大家边饮酒边听歌观舞；四写宴罢分别。前三个单元都是纪实，把饮宴歌舞的场面写得十分真实生动；最后一个单元是以纪实中的抒情作结，融情入景，饶有余味。

这首词是宋词中描写歌舞艺术的名篇，除了"贪看六么花十八"为同时代人王灼《碧鸡漫志》所称引外，明人沈际飞又评赏"舞余裙带绿双垂，酒入香腮红一抹"二句道："双垂，'余'之态；一抹，'入'之神。秀令复工。"（《草堂诗余续集》）

1　西湖：指颍州（今安徽阜阳）西湖。

2　丝簧：琴瑟与笙簧；泛指乐器。马融《长笛赋》："漂凌丝
簧，覆冒鼓钟。"注："丝，琴瑟也。簧，笙也。"

3　六么(yāo)、花十八：均为乐曲名。六么，唐时琵琶曲名。
《乐谱》："琵琶曲有六么，唐僧善本弹六么曲，下拨一声，如雷
发，妙绝如神。"花十八，舞曲名，为六么中的一种。王灼《碧
鸡漫志》卷三："六么，一名绿腰，一名乐世，一名录要。……
欧阳永叔云：'贪看六么花十八'，此曲内一叠，名花十八，前后
十八拍，又四花拍，共二十二拍……曲节抑扬可喜，舞亦随之。
而舞筑球六么，至花十八益奇。"

南歌子

凤髻金泥带[1]，龙纹玉掌梳[2]。走来窗下笑相扶。爱道："画眉深浅入时无[3]？"　　弄笔偎人久，描花试手初[4]。等闲妨了绣功夫[5]。笑问："双鸳鸯字怎生书[6]？"

这是一首闺情词。它一反"花间"以来同题材的文人作品典丽纤婉的作风，采用通俗明白流畅的语言，塑造了一个娇憨活泼可爱的新娘子形象，令人读之确有耳目一新之感。

词的上片的主要描写内容取材于唐诗名篇，而能旧曲翻新，舍弃了原作整饬的句式和典雅含蓄的风格，采用民间小词习见的白描与口语，着重刻画了新娘子在新郎面前的爱娇之态。开头二句，以精工巧丽的对偶，写出新娘子发型、发饰之美。后面的两个长句，以富于戏剧性的动作和语言，代替了前面的服饰铺陈，于是新娘子的音容笑貌一时毕现，使得满图皆活，情趣盎然。这个效果的取得，全赖作者对女子连续性的动作和语态简洁而生动的描述。

词的下片，继续采用白描的手法和明白浅俗的口语，来描写这对新婚夫妇甜美和谐的闺房生活。"弄笔"二句是全词的第二组对偶句。如果说，上片的那组对偶句以富丽精工取胜,其意在于突出女子发髻装饰之美的话,那么,这一组对偶句则以自然流走见长,其意在于显示女子对丈夫的依恋与娇憨之态。前者重在表现静态的肖像美,后者则重在表现动态的行为美,目的不同,色彩与句式也相异。这两句关于小夫妻在闺房相偎相抱的情态的描写,艳极、昵极,然而丝毫没有庸俗色情的影子,只让人看到了夫妻的深情与女主人公的天真烂漫、纯洁可爱。"等闲"和"笑问"两个长句为此词的最末一个描写单元,仍以女子的动作情态为线索,来完成对她的活泼娇憨形象的刻画。女主人公"笑问"的内容颇有言外之意,它透露出新娘子要与新郎永远双飞双宿、白头偕老的热切愿望。

近人薛砺若《宋词通论》称赞这首词"写得极细腻婉和,最能传出女儿家的心事。"所评十分允当。全词语言雅俗相间,述事言情极富于动态美与形象性,所展示的画面酷似小剧中的片断,有很浓的生活气息。从中可见欧阳修学习民间文学所下的功夫。

1 凤髻:把发髻梳成凤凰的形状。金泥带:用屑金为饰的带子。

2 龙纹玉掌梳:玉制掌形的梳子,上面刻有龙的花纹。

3 画眉深浅入时无:这是化用唐人朱庆馀《近试上张水部》诗:"妆罢低声问夫婿,画眉深浅入时无?"

4　试手初：初次试试自己的手艺。

5　等闲：随便、轻易的意思。

6　怎生：怎样。书：写。

临江仙

　　柳外轻雷池上雨，雨声滴碎荷声。小楼西角断虹明。阑干倚处，待得月华生。　　燕子飞来窥画栋[1]，玉钩垂下帘旌[2]。凉波不动簟纹平[3]。水精双枕，旁有堕钗横[4]。

　　据宋代笔记《钱氏私志》记载,此词的本事是这样的:欧阳修在洛阳任河南留守府推官时,与一位歌妓交好。夏天的一个黄昏,长官钱惟演在留守府后园设宴,客人们都聚齐了,只有欧阳修和这位歌妓未到。宴会开始了好一阵他们才来,入座后还不时以目传情。钱惟演责问歌妓为何迟到,歌妓回答说:"我中暑了,在凉堂上睡一会儿,醒来丢失了头上的金钗,找了半天找不到。"钱惟演就说:"你如果能求得欧阳推官为这件事写一首词,我就赏给你一枚金钗。"欧阳修即席作出了这首词,坐客读了都鼓掌称好。于是钱惟演命令歌妓给欧阳修敬酒,同时叫打开公库拿出一枚金钗来赏给她。

　　这个传说未必完全可靠,但这首词倒的确是好词,尤其是在描写夏天庭园的景色和闺中人睡觉的情态上,可谓境界妙绝,因此博得历代评论家的一致赞赏。如明人沈际飞评论道:"雨忽虹,虹忽月,夏景尔尔,拈笔不同。玩末句风韵,直当凌厉秦(观)、黄(庭坚),一金钗曷足以偿之?"(《草堂诗余正集》卷二)清人许昂霄则赞它:"不假雕饰,自成绝唱。"(《词综偶评》)此词通体浑成佳妙,但最显特色的还是下片。近人俞陛云认为:"后三句善写丽情。未乖贞则,自是雅奏。"(《唐五代两宋词选释》)俞平伯则指出,下片的写法是借鉴了晚唐诗:"下片只写景,不言人物情致,和晚唐韩偓诗《已凉》一篇写法亦相似。"(《唐宋词选释》)

1　画栋:彩画的栋梁。王勃《滕王阁》诗:"画栋朝飞南浦云,珠帘暮卷西山雨。"

2　帘旌:帘额,帘端所缀的软帛。李商隐《正月崇让宅》诗:"蝙拂帘旌终展转,鼠翻窗网小惊猜。"

3　簟(diàn)纹:竹席上的波纹。簟,竹席。

4　水精枕:即水晶枕。水晶枕是一种稀世之宝,邵博《邵氏闻见后录》卷二十六:"楚氏洛阳旧族元辅者,家藏一黑水晶枕,中有半开繁杏一枝,希代之宝也。"此处用作枕头的美称。这两句是化用李商隐《偶题》诗:"水文簟上琥珀枕,旁有堕钗双翠翘。"

圣无忧

世路风波险[1]，十年一别须史[2]。人生聚散长如此，相见且欢娱。　　好酒能消光景，春风不染髭须[3]。为公一醉花前倒，红袖莫来扶[4]。

这首词作于至和元年（1054）。作者自庆历五年（1045）被贬出京知滁州，继而转知扬州、颍州、应天府，然后又回颍州丁母忧，再护母丧归家乡吉州……到此时被召回京，已过了整整十个年头。十年宦海沉沦，使他深感世路风波险恶，遂借与友人在汴京重逢聚饮的机会，酒边花前作此词，一吐胸中大半生的郁积。

上片简述十年贬谪的不幸遭遇和痛苦感受，愤懑悲凉之情溢于言表。下片伤时叹老，直抒胸臆，表露了流光易逝、不如及时行乐的思想情绪。此词感情真挚，风格苍凉，且抒情议论富于形象性和哲理性，因而其中的警句"世路风波险"、"春风不染髭须"等，常为后世接受者所乐于引用。比如南宋辛弃疾的抒情名句如"江头未是风波恶，别有人间行路难"，"嗟往事，叹今吾，春风不染白髭须"等等，便由此脱化而出。

1 世路风波险：宦途险恶。指作者几度被贬谪。

2 "十年"句：作者自仁宗庆历五年(1045)贬谪滁州，至仁宗至和元年(1054)返回汴京充任史馆修撰止，整整十年时间。须臾，片刻，一会儿，形容时间之快。

3 "春风"句：意谓胡须已经变白了，纵使春风也不能使之变黑。髭(zī)，嘴上边的胡子。

4 红袖：指歌妓。

浪淘沙

　　把酒祝东风，且共从容[1]。垂杨紫陌洛城东[2]。总是当时携手处，游遍芳丛[3]。　　聚散苦匆匆，此恨无穷。今年花胜去年红。可惜明年花更好，知与谁同？

　　这首送别词将胸中浓厚的别情与眼前灿烂的春光融为一体来抒写，显得格外意浓情深，韵味绵长。诚如近人俞陛云所评："因惜花而怀友，前欢寂寂，后会悠悠，至情语以一气挥写，可谓深情如水，行气如虹矣。"（《唐五代两宋词选释》）

　　具体来看，词的首句就深情地祝福友人，祝福春天。次句所谓"且共从容"者，意思是在此分别之际，愿与友人能多聚一些时间，愿春天也放慢离去的脚步，多陪我们一会儿。以下三句，描写送别之地——洛阳城东郊美丽的春景，点明这里恰好是自己与友人多次游玩、因而特别值得留恋的地方。这样写，使离情别绪更加浓烈了。下片再以洛阳的春花为反衬和对照，把离情别绪抒写到了极致。作者是在告诉我们：眼前友人的离去，就像春天的离去一样不可挽留，因而引起他无穷的别恨。但更让他伤感的是，春天离去了明年还会回来，春花凋谢了明年还会再开，而明年春花再度开放时，他却不"知与谁同"——这就是俞陛云所说的"后会悠悠"了。

1　"把酒"二句:化用司空图《酒泉子》词:"黄昏把酒祝东风,且从容。"希望春天不要很快过去。

2　洛城:洛阳城,北宋的西京。

3　芳丛:花丛。谢朓《曲池之水》诗:"芙蕖舞轻带,苞笋出芳丛。"

浪淘沙

五岭麦秋残[1]，荔子初丹[2]。绛纱囊里水晶丸。可惜天教生处远，不近长安。　　往事忆开元，妃子偏怜[3]。一从魂散马嵬关[4]。只有红尘无驿使，满眼骊山[5]。

这是一首咏史词，所咏的是唐玄宗时为杨贵妃运岭南荔枝到长安的著名故事。这个揭露唐代皇帝荒淫误国的政治故事，在晚唐杜牧以来的诗歌中屡见吟咏，但在以酒边花前娱宾遣兴为创作目的的唐宋词中却十分稀见。就现存的历史资料来看，北宋人在词中专题咏叹这个故事，欧阳修是第一个，而且似乎是唯一的一个。在这首词中，作者站在总结历史的高度，通过咏叹唐代开元、天宝年间这个标志性的故事，含蓄地表达了他一贯所持的王朝兴衰不系于天命而系于人事的观点。

此词实际上是以词为诗，全篇写得感慨苍凉，深得咏史诗的神髓。清人冯金伯《词苑萃编》卷二十三引林宾王语评论道："诗余荔子之咏，作者既少，遂无擅长。独欧阳公《浪淘沙》一首，稍存感慨悲凉耳。"所评极是。

1　五岭：大庾、始安、临贺、桂阳、揭阳为五岭。见《汉书·张耳传》注引裴渊《广州记》。麦秋：指旧历四月，为麦收季节。《礼记·月令》："孟夏之月，靡草死，麦秋至。"蔡邕《月令章句》："百谷各以其初生为春，熟为秋，故麦以孟夏为秋。"

2　荔子初丹：荔枝刚刚成熟。语本韩愈《柳州罗池庙碑》："荔子丹兮蕉黄，杂肴蔬兮进俟堂。"

3　"往事"二句：指被唐玄宗宠爱的杨贵妃，特别爱吃荔枝。

4　"一从"句：指唐玄宗天宝十四年，安禄山叛乱，玄宗入蜀，路过马嵬坡时，缢死杨贵妃。马嵬坡，在今陕西兴平西北。

5　"只有"二句：杜牧《华清宫》诗："一骑红尘妃子笑，无人知是荔枝来。"按李肇《唐国史补》："杨贵妃生于蜀，好食荔枝，南海所生尤胜蜀者，故每岁飞驰以进。"骊山，在今陕西临潼东南，唐玄宗曾建华清宫于此，为杨贵妃沐浴处。

浣溪沙

堤上游人逐画船，拍堤春水四垂天[1]。绿杨楼外出秋千[2]。　　白发戴花君莫笑，六么催拍盏频传[3]。人生何处似尊前。

这首词写春日水上泛舟之乐，从词中所写之景和"白发戴花"等用语来看，此词大概是晚年在颍州西湖所作。

上片写湖岸四周的景色，为泛舟之乐画出了一个极为美丽的背景。"绿杨楼外出秋千"是传诵久远的写景名句。下片写泛舟之乐，而得其乐者就是作者自己，所以这里写出的是一个抓住机会及时行乐的老年欧阳修的自我形象。

词中这个簪花带酒、及时行乐的抒情主人公的自我形象，塑造得极为生动而且富有个性。读着他，我们有似曾相识之感——原来他就是欧阳修诗文里经常出现的那个清通旷达的"醉翁"，只不过现在他真正年老成"翁"、满头白发了。这是全篇艺术表现最"出彩"之处。历代词话家称引这首词都只看重其中的个别佳句，这未免是捡得芝麻，失了西瓜。

1　四垂天：形容天幕四方垂地。语本韩偓《有忆》诗："愁肠泥酒人千里，泪眼倚楼天四垂。"

2 "绿杨"句:语本王维《寒食城东即事》诗:"秋千竞出绿杨里。"又冯延巳《上行杯》词:"柳外秋千出画墙。"

3 六么:乐曲名,见前《玉楼春》(西湖南北烟波阔)注3。

浣溪沙

　　湖上朱桥响画轮[1]，溶溶春水浸春云[2]。碧琉璃滑净无尘[3]。　　当路游丝萦醉客[4]，隔花啼鸟唤行人。日斜归去奈何春[5]。

　　这首《浣溪沙》以极短的篇幅概括地写出颍州西湖春景之美与春游之乐，有尺幅千里之妙。

　　上片先写景之美。起句，写朱桥之上车马之繁。"溶溶"二句，写湖水之美，只见它一碧万顷，平滑无尘，春云浸水，上下澄澈，诚足以令游人流连忘返。下片接写人之乐。"当路"二句，将景物拟人化，说是游丝牵醉客，啼鸟唤行人，更添许多情味。末句说日斜天晚，不得不归，流露惆怅之意，更显出美景之值得留恋。此词写景叙事善用"丽语"，尤其是"溶溶"、"隔花"二联，被历代词话家反复称引，当作欧词"能作丽语"的证明。

　　近人俞陛云《唐五代两宋词选释》则评析此词写景叙事的整体之美道："上阕写水畔春光明媚，风景宛然；下阕言嬉春之醉客行人，营营扰扰，而游丝啼鸟，复作意撩人，在冷眼观之，徒唤奈何，惟有日斜归去耳。"

1　朱桥：装修有红色栏杆的桥。画轮：绘有彩画的华美车辆。

2　溶溶：水流宽广盛大的样子。浸春云：是说春云倒映在水中，好像浸进去的一样。

3　碧琉璃滑：形容碧水平滑，犹如玻璃一般光滑平静。

4　游丝：指萦绕在花草树木间的蛛丝或青虫丝。

5　奈何春：是说春天已去，叫人无可奈何。

夜行船

忆昔西都欢纵[1]，自别后、有谁能共？伊川山水洛川花[2]，细寻思、旧游如梦。　　今日相逢情愈重。愁闻唱、画楼钟动。白发天涯逢此景，倒金尊、殢谁相送[3]？

这首赠友词的主题是怀旧伤今。写得沉郁悲凉，充溢着人世沧桑的感慨。

词用逆叙法写成。上片深情地忆旧。从词中提供的线索来看，作者"白发天涯"时与之重逢的这位老朋友，就是他当年在西京洛阳任留守推官时结识的那批青年朋友中的一个。作者所作的五言古诗《书怀感事寄梅圣俞》，就详细地记叙了那一段风流旖旎的文友聚会的生活。上片四句，其实就是那首长诗忆旧部分的缩写。

下片伤今，思想情绪比那首诗更加悲凉乃至颓唐。这是因为作者写那首诗时，正当盛年，与洛阳文友们分别也才一年的时间，有一点感伤，也仅仅是青春年少者淡淡的感伤。而写这首词时，洛阳文友们早已凋亡殆尽，仅存的作者自己和眼前的这一位，都已是白发老人，所以这时的感伤，是一种痛彻心扉的深沉感伤，一种老年人的无望的感伤。

　　词中忆旧的部分突出一个"欢"字,伤今的部分则突出一个"愁"字,通过这种强烈的对比和反衬,尽兴地宣泄出满怀愁情。

1　西都:指洛阳;洛阳为北宋的西京。欢纵:欢乐纵饮。

2　伊川:水名,即伊河,源出河南卢氏县东熊耳山,流经嵩县、洛阳,至偃师,入洛河。洛川:洛水,源出陕西雒南县冢岭山。

3　殢(tì):困极,指困酒。

洞天春

莺啼绿树声早，槛外残红未扫。露点真珠遍芳草[1]，正帘帏清晓。　　秋千宅院悄悄，又是清明过了。燕蝶轻狂，柳丝撩乱，春心多少[2]？

此词也是伤春之作，但作者并不急于表露伤春的情绪，也不刻意营造伤春的意境，而只是用清疏素淡的笔触，把清晨起床所见庭院里的晚春景象徐徐展示出来，似在闲庭信步，赏景散心。直写到他发现往日喧闹的"秋千宅院"如今已"悄悄"无声，才轻轻叹息道："又是清明（春事最盛的时节）过了"，开始流露自己的情绪。至此，蓄势已足，方在篇末将伤春的情怀和盘托出："燕蝶轻狂，柳丝撩乱，春心多少？"清人周济在他的《介存斋论词杂著》中称赞欧词道："永叔只如无意，而沉着在和平中见。"正是指这类作品而言的。

1　真珠：即珍珠。此句语本白居易《暮江吟》诗："可怜九月初三夜，露似真珠月似弓。"

2　春心：伤春的心情。《楚辞·招魂》："目极千里兮伤春心。"

少年游

阑干十二独凭春，晴碧远连云[1]。千里万里，二月三月，行色苦愁人[2]。　　谢家池上[3]，江淹浦畔[4]，吟魄与离魂[5]。那堪疏雨滴黄昏，更特地、忆王孙[6]。

这是一首咏物词。北宋前期，咏物词(其中包括咏草词)已经兴起，一次梅尧臣在欧阳修那里作客，坐中有人称赞林逋所作咏草词《点绛唇》(金谷年年)，梅尧臣听了不服气，就即席作了一首《苏幕遮》(露堤平)。欧阳修在击节赞赏梅作之后，也即席作了一首咏草词，这就是现在我们看到的这首《少年游》。当时的人拿这三首词进行比较之后，认为欧词不但超过林、梅二作，即使与唐人温庭筠、李商隐的同类作品相比，也毫不逊色(参见吴曾《能改斋漫录》卷十七)。

在我们看来，此词之所以能超越同类作品，主要原因在于，它并不像一般咏物词那样单纯地描绘物的形态，而是形神兼备，由物及人，抒写了人的感情，寄寓了作者的思想。诚如近人刘永济所分析的：“此咏春草之词也。上半阕前四句言草生之地与时，结句联系行人。后半阕三用春草故事，吟魄指谢诗，离魂指江赋，以见谢池、江浦之草虽亦感人，不如疏雨黄昏

中之草,使人更特别思念王孙,隐喻时衰思贤更切也。"(《唐五代两宋词简析》)

1　晴碧:指和煦的阳光下野草繁茂,一片碧绿。温庭筠《郭处士击瓯歌》:"晴碧烟滋重叠山。"

2　行色:本指人出行的神色,因为春草令人联想起离别送行之事,所以称草的颜色为行色。

3　谢家池上:南朝诗人谢灵运《登池上楼》诗中有"池塘生春草,园柳变鸣禽"的咏春草名句。

4　江淹浦畔:南朝文学家江淹《别赋》中有"春草碧色,春水绿波,送君南浦,伤如之何"的句子。

5　吟魄:指谢灵运吟诗的事。掘《南史·谢惠连传》,有一次谢灵运作诗终日不就,后于睡眠中梦见族弟谢惠连,立即写出了"池塘生春草"的佳句。离魂:指江淹《别赋》中表达的"黯然销魂"的离别情怀。

6　更特地、忆王孙:用《楚辞·招隐士》中"王孙游兮不归,春草生兮萋萋"句意。特地,特别。王孙,公子,这里指远游的行人。